Deseo™

Padre y millonario

Emily McKay

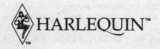
HARLEQUIN™

Editado por HARLEQUIN IBÉRICA, S.A.
Núñez de Balboa, 56
28001 Madrid

© 2008 Emily McKaskle. Todos los derechos reservados.
PADRE Y MILLONARIO, N.º 1598 - 9.7.08
Título original: Baby on the Billionaire's Doorstep
Publicada originalmente por Silhouette® Books

I.S.B.N.: 978-84-671-6353-7
Depósito legal: B-24504-2008
Editor responsable: Luis Pugni
Preimpresión y fotomecánica: M.T. Color & Diseño, S.L.
C/. Colquide, 6 portal 2 - 3º H. 28230 Las Rozas (Madrid)
Impresión y encuadernación: LITOGRAFÍA ROSÉS, S.A.
C/. Energía, 11. 08850 Gavá (Barcelona)
Fecha impresion para Argentina: 5.1.09
Distribuidor exclusivo para España: LOGISTA
Distribuidor para México: CODIPLYRSA
Distribuidores para Argentina: interior, BERTRAN, S.A.C. Vélez
Sársfield, 1950. Cap. Fed./ Buenos Aires y Gran Buenos Aires,
VACCARO SÁNCHEZ y Cía, S.A.
Distribuidor para Chile: DISTRIBUIDORA ALFA, S.A.

Capítulo Uno

Mientras el taxi paraba frente a la impresionante monstruosidad que su hermano llamaba hogar, Dex Messina se pinzó el puente de la nariz con los dedos.

Estaba realmente cansado.

Se estaba haciendo mayor.

Había pasado una semana en Amberes trabajando dieciséis horas al día para que todo estuviera listo para la apertura de la nueva fábrica de corte de diamantes de Messina Diamonds. Por si no fuera suficiente, acababa de llegar de Bélgica, lo que suponían diecisiete horas de vuelo, más seis horas de retraso en Nueva York.

No podía más.

—¿Es aquí? —le preguntó el taxista.

—Sí, hogar dulce hogar.

Como la obra de reforma de su loft se había vuelto a retrasar, Dex se había ido vivir con su hermano, Derek, una situación que no les gustaba a ninguno de los dos y que ya hacía demasiado tiempo que se prolongaba. Menos mal que Dex pasaba mucho tiempo fuera del país y se había instalado en la casita de invitados, que estaba apartada de la principal.

Dex entregó al conductor un billete de cincuenta dólares, sacó la bolsa de viaje que llevaba en el asiento junto a él y bajó del coche. Una vez fuera, se la echó al hombro y avanzó por el camino. Los enormes robles y los arbustos perfectamente recortados hacían que la casa no se viera desde la carretera y daban la impresión de que se había salido ya de Highland Park, el exclusivo barrio de Dallas en el que vivía su hermano.

La hiedra subía por las paredes de la casa y había un pequeño muro de piedra antiguo que daba un toque nobleza decadente.

Todo en la vida de Derek era así. Perfecto, controlado, pretencioso.

Aquello sacaba a Dex de quicio. Cuánto le habría gustado darse un paseo con su moto por encima de las perfectas praderas de césped.

Por supuesto, no lo iba a hacer porque ahora era un contribuyente respetable de la empresa familiar, un pilar de la sociedad.

De repente, Dex se paró en seco cerca de las puertas de caoba y tuvo que mirar varias veces lo que estaba bloqueando su paso antes de que le quedara claro que no estaba teniendo una alucinación.

Se trataba de la sillita de un niño pequeño.

Junto a la silla, había una bolsa decorada con ositos sonrientes, y lo peor de todo no era eso, sino la cabecita que asomaba entre unas cuantas toquillas blancas.

Dex estaba a punto de acercarse cuando se lo pensó mejor, se sacó el teléfono móvil del bolsillo y marcó el número de su hermano.

–Derek, ¿estás en casa? –le preguntó cuando contestó.

–Sí, no me digas que has perdido el vuelo, porque te necesito en el despacho para...

–No, estoy en la puerta de casa. Baja.

–¿Estás en la puerta de casa? ¿Y para qué me llamas entonces? –preguntó Derek algo irritado.

–Baja y lo verás –contestó Dex.

Mientras esperaba a su hermano, se colocó en cuclillas y se pasó la mano por la mandíbula mientras miraba fijamente la sillita y lo que contenía.

Cinco minutos después, salió Derek. Evidentemente, estaba trabajando porque llegaba sin chaqueta, sin corbata y con las mangas de la camisa blanca remangadas.

–Será mejor que lo que me tengas que decir sea importante.

Dex no contestó, se limitó a mirar a su hermano con una ceja enarcada esperando su reacción. Si no hubiera estado completamente desbordado por la situación, seguramente le habría parecido divertida.

–¿Es una broma? –preguntó Derek mirando la sillita.

–No lo sé, pero te aseguro que, si lo es, yo no he tenido nada que ver.

–¿No te lo has traído tú?

–No, no me he traído un bebé de Amberes –contestó Dex chasqueando la lengua–. Me parece que sería ilegal.

–¿Y qué hace aquí?

–No tengo ni idea, me lo he encontrado ahora, al llegar –contestó Dex fingiendo un entusiasmo que no sentía en absoluto.

A continuación, se acercó a la sillita y apartó la toquilla. Al hacerlo, apareció la diminuta cabecita de un niño de tez increíblemente pálida. El pequeño estaba tan quieto que Dex no sabía si respiraba. Llevado por el pánico, apartó la toquilla y le puso la palma de la mano sobre el pecho.

El pequeño tomó aire y exhaló lentamente. Mientras sentía el aliento cálido en la mano, Dex sintió también que algo en su interior se tensaba y, al instante, se aliviaba.

—¿Está vivo? —preguntó Derek.

—Sí, menos mal.

—¿Qué es eso? —preguntó su hermano señalando algo.

Al apartar la toquilla, había quedado al descubierto una nota. Dex la agarró y se puso en pie. Derek se la arrebató y dio un paso al frente para poder leer bajo la luz del porche.

D.

Se llama Isabella. Es tuya. Vas a tener que cuidar de ella durante un tiempo.

La nota no estaba firmada.

Derek y Dex se quedaron mirando fijamente durante un rato y, a continuación, miraron al bebé.

—¿En qué lío te has metido esta vez? —comentó Derek preocupado.

—¿Yo? —se sorprendió Dex—. ¿Y por qué crees que es mía?

—Desde luego, mía no es —contestó Derek—. Te aseguro que soy muy cuidadoso con estas cosas.

6

–Te aseguro que yo también.

–Te la has encontrado tú –apuntó Derek.

–Sí, en tu casa.

–En la que vivimos los dos.

Tras aquel intercambio, se quedaron mirando de nuevo. Mientras se miraba en los ojos azules de su hermano, Dex se dio cuenta de lo ridícula que era aquella conversación. Aun así, admitir que no tenían manera de saber de cuál de los dos era la niña era como admitir que podía ser suya.

En aquel momento, un sonido parecido a un maullido procedente de la sillita llegó hasta sus oídos y ambos se giraron hacia el bebé. La niña había movido la cabeza y estaba abriendo y cerrando la boca como si estuviera buscando algo.

Dex había compartido muchos vuelos con bebés llorones como para saber que, si no hacía lo adecuado, aquello se podía poner muy feo, así que se arrodilló, buscó por la sillita, encontró un chupete atado y, con la precisión de un héroe de película que desarma una bomba nuclear, se lo metió a la niña en la boca.

Aguantando el aliento, la observó mientras succionaba muy contenta, se llevaba a una mano a la mejilla y volvía a quedarse dormida.

Derek suspiró aliviado a su espalda.

–Esto es ridículo.

A continuación, se sacó el teléfono móvil del bolsillo del pantalón.

–Voy a llamar a Lorraina.

–¿Estás llamando a Raina? –murmuró Dex apartando a su hermano del bebé–. Son más de las doce de la noche y es domingo.

–¿Y qué?

–Que es un poco tarde para llamar a tu secretaria y que, además, han abandonado un bebé en la puerta de tu casa. Lo que deberías hacer es llamar a la policía.

–No, de eso nada. Si llamara a la policía, esto se convertiría en una pesadilla mediática.

–Y, por supuesto, la imagen pública de Messina Diamonds es mucho más importante que el bienestar de este bebé.

Dex no sabía si Derek lo había escuchado o no porque, para entonces, Raina había contestado y estaba hablando con ella. Unos minutos después, su hermano colgó el teléfono y se quedó mirando al bebé.

–Dice que no puede venir –anunció.

–No me extraña –contestó Dex.

–Me ha dicho que, si se despierta, le demos de comer –apuntó Derek.

–Estamos solos ante el peligro –comentó Dex mirando la sillita, reuniendo valor y acercándose de nuevo.

A su hermano no parecía hacerle mucha gracia, o tal vez no se le hubiera ocurrido meter la sillita dentro, así que Dex se acercó, puso las manos en los asideros y dio un paso al frente. Derek se puso delante antes de que le diera tiempo de llegar a la puerta.

–¿Crees que es lo correcto?

–Es un bebé, no un vampiro. Tarde o temprano, vamos a tener que meterla en casa.

Derek asintió y lo siguió. Una vez en el salón, Dex dejó la sillita junto al sofá, donde la luz no era fuerte y no le daba a la niña en la cara. A continuación, se sentó en una silla junto a ella y esperó.

Derek le sirvió una copa de brandy y se sentó enfrente.

–Te vas a tener que quedar con ella mañana.

–¿Porque yo? –contestó Dex atragantándose con el brandy.

–Porque yo me tengo que ir a Londres al mediodía.

–¿Y por qué no puede venir Raina a cuidarla?

–Porque se viene conmigo. Volveremos a finales de la semana, pero entonces va a estar muy ocupada organizando la recepción de la semana que viene. Vas a tener que buscar a una persona para que la cuide, alguien de confianza. Te necesito en el despacho el martes para la reunión del consejo de administración.

Dex le dio otro trago al brandy.

–Menos mal que no te vas hasta el mediodía –comentó.

–¿Por qué lo dices?

–Porque mañana por la mañana, en cuanto nos levantemos, nos vamos a ir a hacer las pruebas de paternidad.

Normalmente, Lucy Alwin no mentía nunca. No le gustaba hacerlo y no se le daba bien.

Sin embargo, aquel día iba a tener que mentir

mucho y más le valía resultar convincente porque el futuro de Isabella estaba en juego.

Tras comprobar la dirección una última vez, puso su Toyota Prius rumbo a Briarwood Lane. El ver una mansión detrás de otra no hizo nada por aplacar sus nervios, sólo reforzar lo que ya sabía, que los Messina eran muy ricos y poderosos.

Lucy paró el coche frente al número 122 y maldijo a su hermana gemela de nuevo. Hacía ya un año que le había advertido a Jewel que le iba a tener que decir a Dex Messina que estaba embarazada porque, si no se lo contaba ella directamente y aquel hombre se enteraba después, podría querer hacerse con la custodia de la niña y arrebatársela.

Pero su hermana no le había hecho ni caso. Jewel había querido hacer las cosas a su manera, ella sola. El único problema había sido que su definición de hacer las cosas sola era cargar a Lucy con un montón de responsabilidades y tareas, pero lo cierto era que desde la primera vez que Lucy había tenido a su sobrina en brazos no le había importado lo más mínimo.

Sin embargo, su hermana llevaba un mes alejándose lentamente tanto de ella como de Isabella y lo último que había hecho había sido esperar a que Lucy estuviera dormida la noche anterior, agarrar a su hija y dejarla en la puerta de Dex para, a continuación, largarse de la ciudad.

Lucy no se había dado cuenta hasta aquella mañana de que ninguna de las dos estaba en casa. En un intento por tranquilizarla, su hermana le había dejado una nota diciéndole que iba a estar fuera un par de semanas, pero que no se preocupara por Isabella porque la había dejado en un lugar seguro.

Por primera vez en su vida, Lucy agradeció la desidia de su hermana. A Jewel le debía de haber dado pereza cambiar la silla de Isabella del coche de su hermana al suyo y había decidido tomar prestado el Prius de Lucy. Menos mal que lo había hecho. Así, Lucy había podido recuperar la dirección de donde estaba Isabella, pues Jewel había utilizado su GPS.

Lucy había tardado tres horas en diseñar y ejecutar el plan para recuperar a su sobrina, un plan que incluía apoderarse del armario de su hermana y cortarse el pelo y teñírselo como lo tenía ella, de rojo brillante.

Dentro de un rato, Lucy iba a tener que convencer a Dex de que era la madre de Isabella y de que había cometido un terrible error abandonando a su hija. Para ello, primero iba a tener que convencerlo de que era la mujer con la que había tenido una aventura de una noche hacía catorce meses.

Lo cierto era que no tenía ni idea de cómo iba a hacerlo.

Su hermana y ella no se parecían absolutamente en nada. Lucy era racional y pragmática mientras que Jewel era exótica y sensual. Vamos, que Jewel sabía manipular y controlar a los hombres de una manera que Lucy jamás había ni comprendido ni imitado.

Si Dex se acordaba de Jewel, y normalmente los hombres no se olvidaban de su hermana así como así, a Lucy le iba a costar un triunfo convencerlo de que era su hermana gemela.

Lucy rezó para poder entrar y salir de aquella casa rápidamente y para que Dex no la mirara demasiado detenidamente.

No estaba completamente convencida de que las cosas fueran a salir bien, pero sabía que tenía que intentarlo por el bien de Isabella.

A pesar de que los Messina eran ricos y privilegiados, todo el mundo sabía que eran también duros y fríos y que solamente les interesaba el dinero, así que Lucy no iba a permitir bajo ningún concepto que unos hombres así cuidaran de su sobrina.

No, Isabella necesitaba a una persona que la cuidara apropiadamente y, ya que parecía que su hermana no estaba dispuesta a ser esa persona, ella estaba más que dispuesta a serlo.

Con aquel pensamiento en mente, Lucy llamó al timbre. Al instante, oyó llorar a Isabella dentro y se dijo que, hiciera lo que hiciera, merecería la pena mentir por ella.

Tuvo que repetírselo varias veces mientras se abría la puerta y aparecía Dex Messina, tan atractivo como la primera vez que lo había visto, pero con aspecto desgarbado y aire de estar molesto.

–¿Es usted la niñera? –le preguntó.

–No, soy la madre.

Capítulo Dos

Dex no sabía que un bebé pudiera llorar tan alto y durante tanto tiempo. Isabella había comenzado a llorar en cuanto se la habían dejado y todavía no había parado y de aquello hacía aproximadamente una hora y media.

–¿Quién dice que es usted? –le preguntó a la mujer que había encontrado al abrir la puerta, pues creyó no haberla oído bien.

–Soy la madre, soy la madre de Isabella.

Isabella eligió aquel preciso instante para dejar de llorar, así que en aquella ocasión Dex no tuvo problemas para escuchar la respuesta de la recién llegada. Sin embargo, la niña volvió a lanzar un grito ensordecedor, momento que la mujer eligió para ponerse de puntillas y atisbar por encima del hombro de Dex. Miró primero a un lado y luego al otro y, a continuación, con increíble e inesperada velocidad, se coló por debajo de su brazo y entró en la casa.

Una vez en el vestíbulo y guiándose por los lloros de Isabella, llegó hasta el salón y fue directamente a la sillita en la que Dex había depositado al bebé cuando había ido a abrir la puerta.

La desconocida tomó a Isabella en brazos con ternura y la niña se calló inmediatamente. Agradeciendo al cielo aquel maravilloso silencio, Dex se dio cuenta de que los oídos le pitaban después de varias horas escuchando los agudos berridos.

A pesar de la confusión del momento, aquella mujer le sonaba de algo. Llevaba una minifalda vaquera y una camiseta rosa que apenas cubría sus generosas curvas, tenía la piel muy blanca y cubierta de pecas y el pelo pelirrojo cortado a lo *garçon*.

Lo primero que Dex recordó fue el pelo, precisamente, y las caderas. Había algo muy sensual en el vaivén que producían al moverse, algo profundamente erótico que lo despertó a nivel instintivo.

De repente, tuvo la sensación de estar viviendo una escena retrospectiva. ¿Cuando había sido? ¿Hacía un año? Su padre acababa de morir por aquel entonces y Dex llevaba una semana de funerales y reuniones interminables para saber cómo estaban las propiedades y la empresa. Estaba tan harto de todo aquello que una noche decidió que necesitaba una botella de whisky y un cuerpo caliente en el que perderse.

Apenas recordaba aquella noche. ¿Era aquella mujer la dueña del cuerpo en el que se había perdido?

Aquéllas eran las relaciones que a Dex se le daban de maravilla, relaciones sin emociones, sin futuro y sin compromisos.

Sin embargo, por lo que parecía, algo había salido terriblemente mal.

***

Lucy esperó a que Dex dijera algo. Lo que fuera. Pero él lo único que hacía era mirarla. Su rostro era inescrutable, pero era evidente que estaba tenso.

Pasaban los minutos y Lucy se estaba poniendo cada vez más nerviosa.

—He cometido un error.

Dex enarcó una ceja en silencio.

—Sí, un error enorme —admitió Lucy.

—Has abandonado a tu hija en la puerta de mi casa. Yo diría que eso es mucho más que un error.

—Sí, pero me he dado cuenta rápidamente de que había sido un error y he vuelto a por ella —contestó Lucy con el corazón latiéndole aceleradamente—. Así que aquí no ha pasado nada, ¿de acuerdo? Es evidente que tú no la quieres para nada, así que voy a recoger sus cosas y nos vamos ahora mismo. Jamás volverás a saber nada de nosotras.

Dicho aquello, Lucy aguantó el aliento, apretó a Isabella contra su pecho, agarró la sillita y se dirigió hacia la puerta creyendo que iba a ser así de sencillo.

Por supuesto, no lo fue.

Dex la agarró del brazo y la hizo parar.

—¿Es hija mía?

Maldición. En aquellos momentos, Lucy hubiera deseado ser capaz de mentir, pero ella no era así.

—Dentro de dos semanas, tendré los resultados de las pruebas de paternidad que me he hecho y entonces lo sabré a ciencia cierta —añadió Dex al verla dudar.

—¿Dos semanas?

—Sí, dos semanas. Eso es lo que tardan los resultados porque nos hemos hecho las pruebas tanto Derek como yo y, por lo visto, cuando los posibles padres son hermanos, tardan más.

–No lo decía porque me sorprendiera que tardaran mucho en parte los resultados. Lo me sorprende es que te hayas hecho las pruebas. Desde luego, no pierdes el tiempo. ¿Tantas ganas tienes de ser padre?

–¿Es mía sí o no?

–Sí, es tuya.

–Entonces, ¿por qué has dudado?

–Porque tenía la esperanza de que, si no sabías que era tuya, nos dejarías marchar.

–Aunque no fuera mía, tú la has abandonado.

Lucy no había contado con aquello.

Lo cierto era que había creído que Dex estaría deseando deshacerse de la niña. Al ver que no era así, el enfado y la frustración se apoderaron de ella y tuvo que hacer un gran esfuerzo para que no se le saltaran las lágrimas. Lo único que podía hacer era repetir el argumento inicial.

–Es imposible que tú quieras quedártela. Aunque sea tuya.

–Que yo quiera quedármela o no es irrelevante. La única razón para que una mujer cometa el delito de abandonar a su bebé es que no es un buena madre.

Menos mal que todavía no había llamado a la policía.

Consciente de que no iba a poder ganar aquella discusión, Lucy intentó darle la vuelta a la tortilla.

–No es por nada, pero, por cómo estaban las cosas cuando yo he llegado, parece ser que tú tampoco eres un buen padre.

–Tienes razón –admitió Dex–. No quiero una hija, pero, si de verdad es mía, no tengo opción. Para ser sincero, yo no tengo ni la más mínima idea de lo que hacer con ella, pero es evidente que tú sí.

–Soy su madre y por supuesto que sé lo que tengo que hacer –insistió Lucy.

Debía convencerlo de que podía confiar en ella, pero no sabía cómo lo iba a hacer cuando, en realidad, le parecía espantoso lo que había hecho su hermana.

Aunque le parecía inconcebible lo que había hecho Jewel, intentó ponerse en su piel e imaginar lo que se le había pasado por la cabeza la noche anterior. A continuación, apretó a la niña contra sí y miró a Dex para que se diera cuenta de lo mucho que quería a Isabella.

–La verdad es que ser madre soltera es mucho más duro de lo que yo creía. Llevo así cinco meses y, sí, es cierto, ayer por la noche me sentí desbordada y creí que no iba a ser capaz de seguir adelante. Dejarla en tu puerta fue una estupidez, pero supongo que todas las madres del mundo tenemos derecho a cometer errores de vez en cuando, aunque sea uno enorme –comentó rezando para que las dejara irse.

–Es evidente que yo no puedo hacerme cargo de una niña pequeña, pero tampoco estoy dispuesto a dártela a ti. Como la agencia de niñeras con la que me he puesto en contacto esta mañana parece que no manda a nadie, creo que lo mejor sería que te quedaras tú aquí con Isabella hasta que encuentre a alguien que la pueda cuidar.

Lucy asintió aliviada, pero el alivio no duró mucho.

–Que no se te olvide que esto es temporal, y ten en cuenta que no pienso perderte vista –le advirtió Dex mirándola con frialdad.

Media hora después, Lucy estaba conduciendo hacia su casa. Normalmente, era una conductora tranquila y prudente. ¿Cómo no iba a serlo si se pasaba el día en el trabajo calculando las posibilidades que tenía una persona de morir en accidente de tráfico? En general, los corredores de seguros eran personas que conducían con mucha tranquilidad, pero aquel día Lucy estaba muy nerviosa.

Sin duda, porque Dex iba sentado en el asiento del copiloto. Como Isabella y ella se iban a quedar en su casa unos días, necesitaban ropa, papillas, pañales... el trillón de cosas que un bebé necesita normalmente. Cuando se lo había comentado, lo primero que había dicho Dex era que iba a llamar al supermercado para hacer un pedido, pero Lucy le había indicado que prefería ir a su casa a por las cosas que Isabella conocía.

Si iba a seguir adelante con aquel ridículo plan, quería mantener el control todo lo que pudiera, aunque fuera poco. Lo último que tenía que hacer era ponerle las cosas fáciles a Dex. Lo último que necesitaba era que montara un dormitorio infantil en su casa, ya que el plan era salir de allí en menos de dos semanas.

Mientras conducía por Dallas, no paraba de pensar en la retahíla de razones por las que Dex debería confiarle a Isabella a ella.

En cuanto habían subido al coche, Dex se había puesto el cinturón, había alargado las piernas, había echado la cabeza hacia atrás y había cerrado los ojos. Parecía que estaba dormido. Probablemente, estaba aprovechando los minutos de silencio.

Lucy recordaba perfectamente las noches que había pasado en vela con Isabella y sabía que era frustrante y muy cansado. A lo mejor, se había comportado así hasta el momento porque estaba fatigado. Lo cierto era que el comportamiento de Dex había sido grosero, receloso e insultante.

Tal vez, quisiera hacérselas pagar por haber abandonado a la niña en su puerta, y no era para menos.

Lucy se dijo que no debía sentir lástima por Dex a pesar del mal trago por el que su hermana le había hecho pasar. Su prioridad era el bienestar de Isabella.

Lo cierto era que Lucy habría apostado a que Dex habría llamado a servicios sociales o estaría dispuesto a deshacerse de la niña en un santiamén. No había contado con la posibilidad de que quisiera quedársela.

Por lo que sabía de él, Dex Messina era un ligón de la jet set y la oveja negra de la familia Messina. En cuanto su hermana le había dicho que estaba embarazada de él, Lucy se había apresurado a buscar en

Internet y no le había costado encontrar información sobre él.

Los datos que había obtenido hasta el momento se habían visto confirmados aquella mañana, cuando lo había conocido en persona. Dex Messina era un hombre distante, frío y difícil.

Lo que era seguro era que no quería ser padre. ¿De lo contrario por qué tantas prisas en hacerse las pruebas de paternidad?

Lucy no podía evitar sentirse insultada por el hecho de que un hombre con la reputación de Dex la hubiera acusado de ser una irresponsable.

Para cuando aparcó el coche frente a su casa, estaba muy enfadada. Nadie del mundo quería a Isabella como ella. Era la persona más indicada y más capacitada para cuidar de ella. Lo sabía perfectamente. Ahora, lo único que le quedaba era convencer a Dex.

Capítulo Tres

–¿De verdad que necesitas todo esto? –preguntó Dex mirando de reojo el montón de objetos infantiles que crecía por momentos junto a la puerta.

–Los bebés necesitan muchas cosas –contestó Lucy desde la habitación situada en la planta de arriba–. Por eso no quería que lo compraras todo nuevo.

Isabella estaba dormida en su sillita, que estaba en el salón. Evidentemente, estaba exhausta después del berrinche de la mañana.

La mujer, maldición, no se acordaba de su nombre, salió de la habitación y comenzó a bajar las escaleras con una maleta, que dejó junto a la puerta. A continuación, se dirigió a la cocina.

Se había cambiado de ropa. Ahora, en lugar de llevar minifalda y tacones, llevaba vaqueros y zapatillas de deporte blancas. Aquella ropa combinada con la camiseta rosa le daba una imagen de lo más casera. Dex no se habría extrañado si, de repente, se hubiera sacado un guante de béisbol del bolsillo trasero y lo hubiera invitado a jugar un rato o si le hubiera ofrecido un trozo de tarta de manzana y un vaso de limonada.

Dex la siguió hasta la cocina, se apoyó en la puerta y se quedó observándola. No era de las mujeres que solía frecuentar. A pesar del pelo brillante, no había nada de exótico en ella, nada demasiado sensual ni atractivo, nada glamuroso, nada que diera a entender «si quieres pasar un buen rato, aquí estoy».

No, aquella mujer era eficaz, pragmática y sencilla. Era un placer observarla.

A Dex no sólo le gustaban las chicas juerguistas como él, pero lo cierto era que no quería una relación duradera, pues viajaba mucho y no tenía ni tiempo ni energía para dedicarle a una relación. Cuando estaba en el país, tenía tanto trabajo que no tenía tiempo para prestarle atención a una novia.

¿Y cómo habría terminado en la cama con aquella mujer?

–¿Cómo te llamas, por cierto?

–Lucy –contestó la mujer mirándolo con los ojos muy abiertos–. Bueno, mi nombre legal es Jewel, pero me llaman Lucy. Lucy Alwin –añadió metiendo en una bolsa varios biberones y limpiándose la palma de la mano en los vaqueros.

–Te pongo nerviosa.

Lucy se mojó los labios y los apretó.

–Sí, me pones nerviosa.

–¿Por qué?

–¿Acaso no es obvio? Porque tienes el destino de mi hija en tus manos.

–Nuestra hija –la corrigió Dex.

Mientras pronunciaba aquellas palabras, sintió que algo en su interior se movía. La niña que había en la habitación de al lado, aquella niña que lo había sacado de quicio con sus lloros, había sido con-

cebida cuando [...]
con aquella mujer, [...]
había acariciado y hab[...]
terior de su cuerpo.

Como si le estuviera leye[...]
Lucy lo miró y dio un paso atrás. [...]
entrecortada, lo que hacía que el pec[...]
arriba y abajo. Dex se quedó mirando a[...]
queriendo recordar en detalle cómo había[...]
riciarlo, pero le fue imposible.

Había sido hacía mucho tiempo. Apenas se ac[...]
daba de ella. Sólo de su sonrisa, del vaivén de sus caderas y de que sabía a tequila.

Ninguno de aquellos recuerdos encajaban con la
mujer que tenía ahora ante sí.

A lo mejor era porque iba con vaqueros y no con
un atuendo que marcara sus curvas o porque tenía a
Isabella en sus brazos y parecía una maternidad o
simplemente porque olía a polvos de talco.

Aquel conjunto le confería una imagen de lo más
saludable, casi inocente, que Dex se habría creído
si no hubiera sido porque la había conocido en un
bar y se había acostado con ella aquella misma noche.

Precisamente porque se había acostado con ella,
no podía parar de pensar en volver a hacerlo. En esta
ocasión, sin alcohol, con plena conciencia, con los
sentidos intactos.

La única razón que se le ocurría para no hacerlo era
que lo había engañado. Aquella mujer había tenido una
hija sin decirle absolutamente nada, lo había engañado

...tado

...anos,

...tir que
...ntón en

...la ahí, en
...fueras el
...bre mí en

...sonrió Dex
...ñadió apar-
tándole un rizo de la cara.

Lucy le apartó la mano de un manotazo.

—Recuerda cómo termina ese cuento. Caperucita roja aprende la lección y el lobo feroz no sale bien parado.

—No te preocupes, caperucita. No me cabe la más mínima duda de que sabes cuidarte. De momento, lo has hecho muy bien.

—¿Qué se supone que quiere decir eso?

—Me refiero al numerito del afecto materno, que te ha salido muy bien, la expresión inocente, lo mucho que te arrepientes por los errores cometidos. Todo muy conmovedor, pero no te creas ni por un instante que me lo he tragado.

—¿Te crees que finjo mis sentimientos? ¿Te crees que de verdad no estoy preocupada por Isabella, que no estoy arrepentida, que todo esto lo tenía planeado? —se indignó Lucy acercándose a él con las manos en las caderas—. ¿Por qué iba a hacer una cosa así? ¿Para conseguir qué?

—No sé. Tú sabrás.

—¿Qué tipo de persona te crees que soy?

Dex se miró en sus ojos verdes y se dio cuenta de que estaba realmente muy enfadada.

—Creo que eres una mujer que tiene un hijo sin decirle nada al padre.

Lucy palideció, echó los brazos al aire y se giró.

—Eso no fue culpa mía.

Dex la agarró del brazo y la giró de nuevo hacia él.

—Entonces, ¿de quién fue la culpa?

Lucy le puso las manos en el pecho para intentar poner distancia entre ellos.

—Estamos en el siglo XXI. Es absolutamente absurdo echarle la culpa a la mujer por quedarse embarazada. Eres un ignorante. Los dos somos responsables de lo que sucedió aquella noche.

—No estoy hablando de lo que sucedió aquella noche, sino de la decisión que tomaste después, de no haberme dicho que estabas embarazada.

—Lo cierto es que no recuerdo que nos intercambiáramos los números de teléfono cuando nos despedimos. A lo mejor, la próxima vez que ligues con una chica en un bar, pero deberías planteártelo.

Había dicho aquellas palabras, «ligar con una mujer en un bar», de manera despectiva, como si aquello no fuera con ella, como si la indignara.

—No me pongas como si yo fuera el malo de la película.

–No me pongas tú a mí como si fuera yo la mala –contestó Lucy zafándose de él–. Cuando tomé la decisión que tomé, me pareció que era la indicada. Por si no te has dado cuenta, no eres precisamente un modelo de responsabilidad. Lo cierto es que jamás se me pasó por la cabeza que quisieras saber que ibas a ser padre.

Lo cierto era que a él tampoco se le había pasado por la cabeza. Maldición, ni siquiera estaba seguro de querer de verdad ser padre. Iba a necesitar tiempo para asimilarlo. Si le hubiera advertido de que iba ser padre, habría tenido nueve meses para hacerse a la idea y no se habría encontrado con un bebé de cinco meses de repente.

Aquella maldita situación lo estaba poniendo de los nervios y la única responsable era la mujer de aspecto inocente que tenía ante sí, aquella mujer que creía que podía describir toda su persona y toda su vida con una sola palabra: irresponsable.

–No me conoces absolutamente de nada, así que... si quieres saber si tengo capacidad o no de ser un buen padre, te vas a tener que quedar algo más que una noche a mi lado.

–No te preocupes, eso es exactamente lo que voy a hacer. En cualquier caso y para que lo sepas, mi decisión de no decirte que estaba embarazada no estuvo basada solamente en la noche que pasamos juntos.

–Estoy seguro de que aquélla fue la única vez que nos hemos visto... a no ser que haya algo que no me estés contando.

–Evidentemente, es fácil obtener información sobre ti porque, cuando no estás tú en las revistas del corazón, está tu empresa en las secciones de economía.

—Ah, así que es eso.

—¿El qué?

—Un día estabas mirando el periódico, viste mi empresa y decidiste que dos más dos eran cuatro. Me sorprende que tardaras tanto tiempo en darte cuenta del dinero que tengo.

—¿Te crees que todo esto es por dinero?

—¿Por qué iba a ser si no?

—Te aseguro que no es por dinero. Económicamente, me va muy bien.

—Sí, ya lo veo —contestó Dex mirando a su alrededor con sarcasmo.

Lucy sintió que la indignación se apoderaba de ella.

—Tengo un sueldo muy bueno. Vivo de manera modesta porque ahorro lo mucho para mi jubilación y porque no vivo por encima de mis posibilidades, pero que te quede claro que tengo una vida muy cómoda.

Parecía tan indignada que Dex estuvo a punto de creerla, pero había algo que le indicaba que aquella mujer escondía un secreto.

—Si no es por dinero, ¿por qué es?

—Simplemente, porque quiero a Isabella. Eso es todo. ¿Tanto te cuesta creerlo?

—Sí, teniendo en cuenta que hace menos de veinticuatro horas la abandonaste, me cuesta mucho creerlo.

Capítulo Cuatro

–Supongo que esta habitación está bien.

Lucy miró a su alrededor. Se trataba de una habitación de invitados muy elegante y amplia en la que había una cama enorme cubierta por una colcha beis de seda sobre la que había una preciosa manta de moer morada. El baño adjunto, cubierto de mármol, era tan grande como su propio dormitorio y mucho más lujoso.

Aquello era precioso, pero parecía más un museo que una casa. Todo estaba cuidado y decorado al detalle, pero era obvio que allí no vivía nadie, aquello no era un hogar.

Evidentemente, en aquella casa nunca había vomitado un bebé. Isabella sería la primera.

–Sí, está bien –le dijo a Dex mirándolo de reojo.

Tanto lujo le recordaría constantemente que aquél no era su lugar, que por mucho que dijera que vivía cómodamente, la definición de los Messina de «cómodo» era muy diferente de la suya.

–¿Quieres que monte esta cosa? –le preguntó Dex, que llevaba la cuna de viaje de quince kilos en una mano como si pesara menos que un maletín.

–No, ya lo hago yo. Es un poco complicada –contestó Lucy.

Lo cierto era que no era tan complicado montar al cuna de viaje, pero no quería que Dex se familiarizara con las cosas de Isabella. Además, quería quedarse a solas un rato.

–Muy bien. Entonces, te dejo para que te instales –se despidió Dex, que parecía algo nervioso–. La cena se servirá a las siete.

–¿Quién la va a servir? –se sorprendió Lucy.

–Mientras recogías tus cosas, he llamado a Mavis, la criada, y he quedado con ella para que preparara la cena. Normalmente, deja algo en el frigorífico para que Derek o yo nos lo calentemos, pero he supuesto que Isabella necesitaría algo más.

–Isabella tiene cinco meses y todavía no come comida normal, sólo comida de bebé –contestó Lucy.

–Ah.

–Espero que no le hayas dado comida de adulto.

–No, le di las dos dosis de papilla que dejaste en la bolsa.

–Gracias a Dios.

Por la expresión de Dex, Lucy se preguntó si no le habría dado la papilla después de haber intentado darle alguna hamburguesa o algo así.

–La cena estará servida a las siete –repitió Dex–. Aunque ella no coma, supongo que tú sí.

–Sí, yo sí como, claro que sí, pero puedo cocinarme algo como cualquier persona normal y corriente –murmuró Lucy cuando Dex salía por la puerta.

–¿Qué decías?

–Que me parece una idea maravillosa –sonrió Lucy.

–Sí, claro –contestó Dex mirándola con recelo.

Lucy lo acompañó a la puerta, la cerró y, una vez a solas, se apoyó en ella y suspiró. Al otro lado de la habitación, Isabella, sentada en su sillita tan contenta, la miraba encantada.

–En menudo lío nos ha metido tu madre esta vez.

La niña ladeó la cabeza y la miró confusa.

–Pero no te preocupes, te prometo que lo voy a arreglar todo –contestó Lucy yendo hacia la cama, donde había dejado su bolso.

Una vez allí, rebuscó en su interior, sacó el teléfono móvil y marcó un número. Por supuesto, saltó el contestador del teléfono de su hermana.

–Maldita sea, Jewel, necesito hablar contigo. Tengo a Isabella. Está bien, pero estoy en casa de Dex Messina, así que no te molestes en intentar ponerte en contacto conmigo en casa –le dijo–. Por cierto, tenemos unos cuantos libros sobre los cuidados del bebé. ¿No podrías haber metido alguno en la bolsa que le dejaste?

Tras colgar y mientras volvía a meter el teléfono en el bolso, vio los documentos que su abogado le había entregado la semana anterior. Se trataba de los documentos que le darían la custodia de Isabella, pero Jewel todavía no los había firmado.

Tras deshacer el equipaje y colocar rápidamente sus cosas en el vestidor, escondió los documentos bajo su ropa interior.

Mientras lo hacía, se preguntó cómo demonios se había metido en aquel lío cuando siempre había intentado hacer las cosas bien, ser la hermana buena.

Llevaba toda la vida arreglando los líos que montaba su hermana, pero normalmente lo hacía con lógica, sin mentiras y sin engaños.

Aquel plan era de locos, más propio de Jewel que de ella. Aquello de quedarse a vivir durante dos semanas en casa de Dex haciéndose pasar por la madre de Isabella no era ni siquiera un plan sino, más bien, una serie de decisiones tomadas a la desesperada, dejándose llevar única y exclusivamente por la esperanza de tener suerte.

No iba a salir bien.

Tenía que salir bien.

Lucy se pasó la mano por la frente. Le hubiera encantado poder quitarse la tensión de la cabeza con aquel gesto, pero era absurdo. Tenía tantas posibilidades de conseguirlo como de conseguir que Dex mostrara algo de humanidad.

—No pienso dejar que ese hombre tan espantoso se ocupe de ti.

Isabella la miró y sonrió.

—Créeme, preciosa, ese hombre no es bueno para ti. Es frío y distante.

Muy parecido a su padre. Cuando su madre los había abandonado, su padre las había dejado en manos de las niñeras y tanto Jewel como ella habían sufrido por su ausencia, cada una a su manera.

Lucy solía pensar entonces que la que peor lo pasaba era Julia. En aquella época, todavía se llamaba Julia su hermana, eso había sido antes de que se cambiara legalmente de nombre por Jewel, que le parecía mucho más sofisticado.

31

Jewel era la preferida de su madre mientras que a ella todo el mundo la había ignorado. Su madre había mimado a Jewel tanto como si fuera su perrillo faldero hasta el día en el que se había ido sin avisar y sin disculparse. Para Lucy, acostumbrada a que sus dos padres la ignoraran, las cosas habían seguido más o menos igual, pero para Jewel, acostumbrada a las demostraciones de afecto de su madre, había sido mucho más difícil. Aquello la había llevado a montar un número detrás de otro para conseguir la atención de su padre. Al no conseguirla, se había dedicado a buscar la atención de cualquier otro hombre.

Y ahora había hecho lo que Lucy jamás habría creído que pudiera hacer: había abandonado a su hija.

Lucy estaba decidida a que Isabella no tuviera que sufrir por ello.

—No pienso dejar que tengas ningún trauma emocional —le prometió a la niña arrodillándose ante ella.

Y el primero que le podía causar un trauma emocional a su querida sobrina era su propio padre, pues Dex Messina ni siquiera la había abrazado todavía, apenas la había mirado.

—Dex Messina engaña a mucha gente, pero no vamos a permitir que nos engañe a nosotras. Finge que es el hermano pequeño, el fácil, el que no esconde nada, pero hay que vigilarlo, no debemos permitir que se acerque demasiado.

Lucy había investigado a aquel hombre, había leído todo lo que había encontrado sobre él. Derek era el que tenía fama de ser duro y despiadado, pero

Dex tampoco se quedaba corto, pues era el que negociaba con los inversores.

Cuanto más lo pensaba, más cuenta se daba Lucy de que Dex no era la oveja negra de la familia, sino el lobo con piel de cordero.

Definitivamente, no era el padre cariñoso y responsable que ella hubiera elegido para Isabella.

Aquel hombre no exhibía sus emociones, pero tampoco se podía decir que fuera frío. No, tampoco era la palabra exacta. Lucy había visto calor en sus ojos cuando la había mirado y su contacto había estaba a punto de abrasarla. Parecía que bajo la fachada era todo pasión y que esa pasión amenazaba con salir en cuanto mencionara la noche que habían pasado juntos.

Bueno, la noche que se suponía que habían pasado juntos.

En realidad, jamás se habían visto antes.

En cualquier caso, la deseara o no, lo cierto era que, si se enterara de que no era la mujer con la que se había acostado y que por lo tanto no era la madre de Isabella, haría todo lo que estuviera en su mano para asegurarse de que no obtuviera la custodia de la niña.

Y Lucy no estaba después a permitir que eso sucediera.

Gracias al desfase horario y a haber pasado la noche prácticamente en blanco a causa de Isabella, Dex consiguió dormir, pero sólo unas pocas horas.

A las tres de la madrugada, estaba despierto de nuevo y paseándose por el salón de la casa de invitados.

Una vez en la ventana, apoyó el brazo en el cristal y dejó descansar la frente sobre la mano. No podía apartar la mirada de la ventana de la habitación en la que había instalado a Lucy y a Isabella.

La cena había transcurrido en un ambiente bastante frío. Parecía que incluso la pequeña Isabella sentía la tensión.

Dex estaba muy nervioso porque no sabía absolutamente nada de bebés. Hasta el día anterior jamás se le había pasado por la cabeza que uno iba a aparecer en su vida de repente.

La idea de tener una relación seria, casarse y tener hijos le daba escalofríos. Su hermano Derek siempre le estaba diciendo que era lo que tenía que hacer, lo que a Dex le parecía de lo más irónico porque Derek no era precisamente el Señor Compromisos.

Derek estaba casado con su trabajo y las únicas relaciones extramatrimoniales que tenía eran para comer o para dormir. Las mujeres no le interesaban demasiado y de los hijos ni hablaba.

Y ahora resultaba que Dex tenía una hija y no tenía ni idea de lo que hacer con ella. Lo único que tenía claro era que lo iba a hacer mucho mejor que su padre. Posiblemente por eso, cuando vio que se encendía la luz en la habitación de Isabella, se apresuró a ponerse unos vaqueros mientras por el rabillo del ojo veía que las luces se iban encendiendo hasta la cocina.

Para cuando cruzó el patio y abrió la puerta, Lucy estaba allí, ataviada con una camiseta de algodón blanca y unos pantalones cortos que dejaban sus piernas al descubierto. Iba descalza y llevaba las uñas de los pies pintadas de rosa.

Aquella imagen se le hubiera antojado a Dex casi irresistible si no hubiera sido por el bebé que no paraba de llorar que llevaba en brazos.

—Eso mismo hizo anoche —comentó Dex.

—¿El qué?

—Llorar. No sabía qué hacer para que parara.

—¿Y no se te ocurrió darle de comer?

—No. Raina, la secretaria de Derek, me dijo que le diera un biberón cuando se despertara a la una, pero esto que te estoy contando fue a las cuatro o a las cinco de la madrugada.

Lucy le dedicó una mirada que lo decía todo.

Acto seguido, abrió un armario y sacó un cuenco, lo llenó de agua y lo metió al microondas a calentar. Al oír el zumbido del electrodoméstico, la niña se calmó y dejó de berrear para pasar simplemente a sollozar.

A juzgar por su silencio, era evidente que Lucy lo tenía por un idiota.

—No se me ocurrió que tuviera hambre —se defendió Dex—. Acababa de comer hacía un par de horas.

En aquella ocasión, le pareció que incluso Isabella lo miraba como si fuera idiota. A continuación, la niña apoyó la cabecita sobre el hombro de su madre. Aquella escena en la cocina resultaba de lo más íntima, pero él no formaba parte de ella.

Él estaba excluido. Lucy e Isabella formaban una familia al completo, ellas dos solas.

Aquello hizo que Dex sintiera rencor. Isabella era su hija. Aunque no quisiera acercarse a él y llorara cuando la tenía en brazos, era su hija. No sabía cómo cuidarla ni los horarios de sus comidas porque Lucy la había mantenido alejada de él, porque le había negado sus derechos.

Por una parte, a Dex le entraron ganas de reprochárselo, pero se mordió la lengua. No quería enfadarse con ella. Lo único que quería era formar parte de aquella escena tan íntima, lo único que quería era que su hija aceptara sus caricias.

Cuando sonó la alarma del microondas, Lucy lo miró sorprendida, como si no se pudiera creer que siguiera allí.

—No hace falta que te quedes, no necesito ayuda.

—Ya lo veo —contestó Dex decidido a quedarse—. Ya que estoy despierto, me gustaría aprender.

Lucy lo miró con recelo.

—Muy bien —accedió sin embargo—. Lo primero, lávate las manos.

A continuación, le explicó paso a paso lo que tenía que ir haciendo hasta que, transcurridos unos minutos, Dex tuvo el biberón preparado, momento en el que la miró y le indicó que le pasara a Isabella.

Lucy dudó, pero acabó cediendo. Al entregársela, la niña comenzó a llorar de nuevo, pero Dex no se dio por vencido, se sentó en uno de los taburetes y colocó a Isabella como había visto que Lucy hacía.

No debía de estar haciéndolo bien porque Lucy se acercó nerviosa.

–¿Quieres que te la sostenga yo?

–No, puedo yo –contestó Dex.

–Creo que sería mejor que intentaras aprender a agarrarla en otra ocasión, cuando no tenga hambre –insistió Lucy.

Dex se dijo que tenía que poder hacerlo. Antes de ser un respetable hombre de negocios, había cruzado Alaska en un trineo tirado por perros, había pasado una temporada con una tribu de beduinos en el desierto del Sahara y había escalado el monte Kilimanjaro.

Sí, definitivamente, tenía que poder dar de comer a un bebé.

Lucy percibió que estaba decidido a seguir adelante y lo ayudó, colocando su mano sobre la de Dex y guiándolo en el proceso.

–No se trata de meterle el biberón en la cara, lo que haces es ponérselo en los labios, así, para que sepa que lo tiene delante.

Al sentir la tetina del biberón en el labio, Isabella dejó de llorar y comenzó a succionar. Mientras lo hacía, miraba a Dex algo enfadada, pero en ningún momento dejó de comer.

Dex sintió una potente sensación de triunfo.

Transcurrida aquella sensación, se dio cuenta de que Lucy tenía la mano en su hombro y sintió el calor que emanaba de su cuerpo, apoyado contra su espalda. Su olor lo invadía todo.

Dex pensó que, si se daba la vuelta, podría darle

un beso en la mejilla y, durante un segundo, tuvo la sensación de que era parte de aquella familia, parte del vínculo que compartían.

Al instante, el pánico se apoderó de él.

«¡Huye! ¡Huye mientras puedas! ¡Dale un cheque jugoso y ponla de patitas en la calle!».

Dex apartó aquellos pensamientos de su mente y se dijo que debía ser responsable. Mientras luchaba contra su corazón, que latía desbocado, Lucy, que no parecía tener aquella lucha interna, apartó la mano, se distanció, rodeó la encimera y comenzó a recoger la caja de papilla y el cuenco que había utilizado para calentar el agua.

Isabella había cerrado los ojos. Tenía agarrado el biberón con una mano y con la otra se había agarrado a un dedo de Dex, que, al sentir la minúscula palma contra la piel, sintió que algo se le movía por dentro, en el pecho.

—¿Haces esto todas las noches?

—¿Darle de comer a la niña? Claro, normalmente una o dos veces.

¿Llevaba haciendo aquello desde que Isabella había nacido?

—Supongo que estarás agotada.

—Bueno, tampoco es para tanto. Así, nos vemos. Durante el día, no la veo mucho a causa del trabajo.

—¿Trabajas? —se sorprendió Dex.

Lo había preguntado sin pensar, pero al instante deseó no haberlo hecho.

—Por supuesto que trabajo —se indignó Lucy—. ¿Cómo demonios te crees que íbamos a vivir si no?

–¿Y yo qué sé? Como has dicho que te podías encargar de Isabella durante las próximas dos semanas...

–Sí, pero porque me deben días en la oficina y los voy a pedir –contestó Lucy.

Dex no preguntó detalles sobre el tema, pues decidió que no era asunto suyo. Además, Isabella se había dormido por completo. Cuando abrió la boca, Dex le sacó con cuidado el biberón.

Se sentía el hombre más importante del mundo.

¿El monte Kilimanjaro? No, aquello era mucho mejor.

Lucy agarró el biberón, se acercó al fregadero y lo lavó. Acto seguido, extendió los brazos para que Dex le entregara a Isabella. Debía de estar loco, pero no quería entregársela. El día anterior, antes de saber que era su hija, se la habría entregado, sobre todo cuando estaba llorando, a cualquier desconocido que hubiera pasado por la puerta, pero ahora...

Ahora, después de haberle dado de comer y de que se le hubiera quedado dormida en brazos, no quería separarse de ella.

–Dámela.

Dex miró a Lucy y sintió de nuevo rencor hacia ella. Tuvo que hacer un gran esfuerzo para entregarle a la niña, pero lo hizo porque se dijo que la experta era ella.

Lo único que él sabía sobre cómo hacerse cargo de un bebé era que resultaba mucho más difícil de lo que parecía en las series de televisión.

La ternura con la que Lucy agarró a Isabella en brazos, la manera en la que la arrulló y la acunó entre sus brazos mientras salían de la habitación hizo que Dex se preguntara cómo era posible que aquella mujer que, evidentemente, adoraba a Isabella hubiera sido capaz de abandonarla.

De nuevo, tuvo la sensación de que había algo que no le estaba contando y decidió que había llegado el momento de averiguar qué era.

Capítulo Cinco

La tarde siguiente, Lucy se encontró sentada en su coche, frustrada. Isabella y ella habían escapado de la opresión de la casa por la mañana y ahora que volvían, con la esperanza de pasar inadvertidas, se encontraron con el monovolumen de Dex en mitad del camino de entrada.

Lucy había aprovechado la mañana para ir a ver a su abogado, que no le había dado buenas noticias. Además de echarle una reprimenda que no le echaban desde el colegio, el letrado le había advertido que, al meter a Dex en la ecuación, Jewel había dado al traste con las posibilidades que tenía Lucy de conseguir la custodia de Isabella. Y lo peor era que, al haberle mentido ella sobre quién era lo único que había conseguido era empeorar las cosas.

Hasta el momento, mentir a Dex sola la había llevado a alejarse de lo que quería. Cuando se le había ocurrido hacerse pasar por la madre de Isabella, las cosas le habían parecido muy sencillas, pero ahora se veía atrapada en su propia mentira.

Si le contaba la verdad, no le permitiría volver a ver a la niña, pero, la posibilidad de seguir mintiéndole se le hacía espantosa.

Sin embargo, no tenía elección.

En aquel momento, alguien llamó con los nudillos en la ventana. Lucy dio un respingo y se encontró con que era Dex. Llevándose la mano al pecho, salió del coche.

–¿Qué te ocurre? –le preguntó Dex mirándola con recelo.

–Nada, sólo que me has asustado –contestó Lucy–. ¿Qué haces tan pronto en casa? Son sólo las cuatro.

–He venido porque, como no me contestabas al teléfono, me he preocupado.

Lo tenía demasiado cerca y se estaba poniendo nerviosa.

«Es sólo porque tiene la sartén por el mango», se dijo Lucy.

–¿Qué pensabas, que Isabella me había dado un golpe, me había dejado inconsciente y se había ido por ahí a dar una vuelta? –se burló abriendo la puerta de atrás para sacar a la niña.

–No, más bien, se me ha pasado por la cabeza que la hubieras agarrado y os hubierais ido las dos.

–Jamás te haría una cosa así –le aseguró Lucy–. Te lo digo en serio –insistió sinceramente–. Te prometo que no me iré. Es cierto que voy a hacer todo lo que esté en mi mano para convencerte de que me dejes quedarme con Isabella, pero jamás me iré sin decirte nada.

¿Eran imaginaciones suyas o Dex se había relajado ante sus palabras? Lucy se sintió culpable. ¿Acaso no estaba juzgándolo de manera injusta? ¿Le había colgado el cartel de monstruo frío y distante porque era lo que a ella le convenía que fuera?

–Me he tenido que pasar por la oficina un momento para recoger un par de documentos –mintió antes de que Dex le preguntara adónde había ido.

–¿A qué te dedicas? –le preguntó Dex mientras avanzaban hacia la casa.

De repente, a Lucy se le antojó que parecían un matrimonio normal y corriente que se encuentra al llegar del trabajo y que entra en casa comentando el día.

–Soy corredora de seguros.

–¿Eres corredora de seguros?

–Sí, trabajo para una aseguradora, calculo riesgos y esas cosas.

–Sé perfectamente lo que es un corredor de seguros, pero me sorprende que tú lo seas. No esperaba algo tan...

–Aburrido.

–No iba a decir eso.

–Seguro que sí.

–No, lo que iba a decir era que esperaba que tu trabajo fuera algo más femenino –contestó Dex abriéndole la puerta.

La manera en la que la estaba mirando hizo que Lucy sintiera que la cabeza le daba vueltas. Había algo en su mirada que le recordaba a un depredador y hacía que le entraran ganas de rendirse, mirarlo a los ojos y esperar a que la besara.

–Es el trabajo perfecto para mí –le aseguró Lucy.

Su hermana siempre le decía que era el trabajo más aburrido del mundo, pero a ella se le antojaba lógico, pragmático y desafiante, perfecto para ella.

Por supuesto, no podía explicarle nada de aquello a Dex porque él no sabía qué tipo de persona era en realidad. Dex creía que era la mujer exótica y carismática que había conocido una noche en un bar, una mujer que tras tomar algo y charlar un rato había accedido a pasar la noche con él.

No era de extrañar que su trabajo le pareciera poco femenino.

Aquello le recordó de nuevo que lo estaba engañando. Si Dex se enteraba de quién era en realidad la iba a mirar con todo menos con deseo. Seguramente, la mataría con sus propias manos.

En cualquier caso, a Lucy le resultaba inquietante que tuvieran aquella conversación tan sencilla e íntima. ¿En qué momento se había convertido su relación en una relación fácil y fluida?

Desde luego, nunca había sido su intención mostrarse amistosa con él.

«No olvides que es un monstruo. Es el hombre que te va a quitar a Isabella. No es amable, no es encantador, te va a fastidiar la vida», se dijo.

Dex pasó delante de ella con Isabella dormida en sus brazos y Lucy lo observó ir hacia el salón. Una vez allí, dejó a Isabella en la sillita y le acarició la mejilla.

Aquel gesto tan tierno hizo que a Lucy se le formara un nudo en la garganta y que el corazón le diera un vuelco.

No era un monstruo, pero le iba a quitar a Isabella. Hasta aquel momento, había albergado esperanzas, pero comprendió de repente que era imposible, que Dex no le iba a entregar a la niña. Mientras creyera que era el padre, estaba claro que iba a querer la custodia.

Pero...

—¿Y si no es tuya? —murmuró sin pensarlo.

—¿Cómo dices? —contestó Dex, que se había acercado a ella sigilosamente.

—Bueno, quiero decir que, a lo mejor... todavía no tenemos los resultados de las pruebas de paternidad —contestó Lucy presa del pánico.

—¿Podría ser otro el padre?

Jewel le había contado todo, con pelos y señales, cuando se había acostado con Dex Messina, el dueño de la empresa para la que había trabajado hasta hacía unos días. Por lo que sabía, era el único hombre con el que se había acostado su hermana aquel mes. Jewel le solía contar absolutamente todo, pero Lucy tampoco tenía seguridad al cien por cien.

—No lo sé —contestó sinceramente.

Dex se quedó mirándola.

—Te he hecho una pregunta muy sencilla. ¿Con cuántos hombres te acostaste el mes en el que te quedaste embarazada? ¿Sólo conmigo o hubo alguien más? A lo mejor te acostaste con otro, pero me has dejado la niña a mí porque mi situación económica es mejor.

Lucy se sintió repentinamente confundida por la pregunta. Lo cierto era que ella no se había acostado con nadie el mes en el que Isabella había sido concebida, pero, por supuesto, no era eso lo que Dex le estaba preguntando y, por muy insultante que le pareciera su insinuación, la única culpable de que estuvieran teniendo aquella conversación era ella por tener la boca tan grande.

–¿Y qué te hace pensar que solamente fuerais dos? –le espetó–. A lo mejor hubo muchos más.

En lugar de mirarla sorprendido o incluso ofendido, Dex estalló en carcajadas.

–Buen intento –le dijo sacudiendo la cabeza–. No me lo trago. No me creo ni siquiera que hubiera otro, así que como para creerme que hubiera muchos más.

–¿Cómo que no? –insistió Lucy.

–No, es imposible. Tú no eres de ésas. En realidad, creo que la aventura de una noche que tuviste conmigo fue algo fuera de lo normal para ti.

Dicho aquello, Dex se acercó a ella y Lucy se encontró dando un paso atrás hacia la puerta.

–No me conoces lo suficiente –protestó sintiendo que el corazón le latía aceleradamente.

–Es cierto que no nos conocemos desde hace mucho tiempo, pero te aseguro que se me da bien juzgar a primera vista –contestó Dex apartándole un mechón de pelo de la cara–. Tú no te has acostado con muchos hombres, eres demasiado inocente.

Lucy se sonrojó y maldijo. Jewel no se sonrojaría. Su hermana jamás se sonrojaba.

–¿Lo ves? Te has sonrojado –comentó Dex acariciándole la mejilla–. Las mujeres que se acuestan con muchos hombres en el mismo mes no se sonrojan.

–Supongo que lo sabes porque ésas son las mujeres que a ti te gustan –contestó Lucy apartándole la mano.

–Además, eres corredora de seguros –comentó Dex chasqueando la lengua.

–¿Y?

–Y que los corredores de seguros no corréis riesgos. Los corredores de seguros pensáis bien las cosas, planificáis y organizáis.

No lo podía negar y, además, era algo de lo que siempre se había enorgullecido, de su enfoque lógico de la vida. Sin embargo, al estar tan cerca de Dex, tan cerca que percibía el calor que emanaba de su cuerpo, tan cerca que le llegaba su olor, masculino y peligroso, le habría encantado ser de aquellas mujeres que se arriesgaban.

–No –continuó Dex acariciándole la mejilla–. Seguro que nuestra noche juntos fue algo fuera de lo normal para ti, seguro que todavía te estás preguntando cómo fuiste capaz de hacer una cosa así.

Lo cierto era que Lucy se había preguntado en incontables ocasiones cómo era capaz su hermana de acostarse con hombres a los que apenas conocía.

Sin embargo, en aquel mismo instante se sentía como suponía que se debía de sentir Jewel cuando lo hacía, pues en aquellos instantes ella también quería un poco de diversión, de riesgo, de espontaneidad.

–Sí, estoy seguro de que no has dejado de pensar en ello desde entonces y también estoy seguro de que te encantaría que se repitiera –añadió Dex.

En eso, tampoco se equivocaba.

Por eso, cuando se inclinó sobre ella para besarla, Lucy se puso de puntillas para encontrarse con sus labios a medio camino.

Capítulo Seis

Besar a Lucy era una delicia.

Su boca, cálida y sensual, sus labios, suaves como la seda, y el calor de su respuesta sorprendieron a Dex considerablemente, pues Lucy no se estaba limitando a besarlo, sino que se había apretado contra él y lo estaba devorando.

No se había equivocado. Aquella mujer era pura inocencia. No había ni rastro de artificio en su respuesta, sólo pasión, y Dex se moría por explorar aquella pasión, así que le puso las manos en las caderas y se apretó contra ella.

Un instante después, la palma de su mano entraba en contacto con uno de sus pechos y Lucy gemía al sentir el pulgar de Dex sobre uno de sus pezones.

Dex quería más, quería sentirla desnuda y arqueándose contra él, pero, antes de que le diera tiempo de ponerla en posición horizontal, Lucy le colocó las manos en el pecho y lo apartó.

—Esto ha sido un gran error —se apresuró a comentar.

—No estoy de acuerdo —contestó Dex acariciándole la cadera, deleitándose en su voluptuosidad—. En realidad, no sé por qué no lo hemos hecho antes.

—Para —le ordenó Lucy agarrándole la mano—. No

lo hemos hecho antes porque no es buena idea. No debemos liar más las cosas.

–Ya estamos liados –contestó Dex enarcando las cejas–. Tenemos una hija.

–No me refiero a eso y lo sabes.

Qué bonita se ponía cuando intentaba enfadarse.

–Sé perfectamente a lo que te refieres, pero ya nos hemos acostado una vez. No hay nada que nos impida repetir.

–Aplastante lógica masculina.

–No, simplemente lógica, pero, si no te gusta, lo puedo intentar con otra cosa. A ver qué te parece esto. Somos los dos adultos, nos deseamos y eso basta.

–No, no basta –lo contradijo Lucy–. Aunque nos deseemos –añadió sonrojándose de nuevo–, tenemos que considerar otras cosas. Tal y como tú muy bien has apuntado, somos adultos y, para mí, eso quiere decir que tengo que actuar de manera responsable. Los adultos no hacen lo que les apetece en cuanto les viene en gana.

La manera en la que había dicho la palabra «responsabilidad» hizo que Dex apretara los dientes.

–¿No te parece que ya es un poco tarde para que vengas dándome sermones sobre responsabilidad?

–Haya hecho lo que haya hecho en el pasado, mi mayor preocupación a día de hoy es hacer lo que sea mejor para Isabella –le aseguró Lucy sinceramente–. Sé que he cometido errores, pero, a partir de ahora, te juro que siempre será ella la prioridad. Isabella se merece algo más que dos padres que empeoran las cosas dejándose llevar por el deseo.

Dicho aquello, tomó a la niña en brazos y huyó hacia su habitación. Dex la dejó ir, reconociendo que Lucy tenía razón en una cosa. No era aquél el momento adecuado.

Para empezar, porque todavía había muchas cosas que no sabía sobre ella. Si de verdad era una mujer inexperta, y a todas luces lo parecía, ¿qué hacía en aquel bar catorce meses atrás? ¿Por qué después de años de prudencia y responsabilidad había elegido tener una aventura de una noche? Si se hubieran conocido en otras circunstancias, Dex habría creído que el comportamiento de Lucy de aquella noche se había debido a la química, pero lo cierto era que había sido ella quien se había acercado, y no lo había hecho de manera tímida, sino de manera abierta.

¿Y por qué él? Sólo había una respuesta. Debía de saber que tenía mucho dinero. Aquello llevó a Dex a preguntarse si se habría quedado embarazada adrede. ¿Era posible que aquella mujer dulce e inocente lo hubiera planeado todo para quedarse embarazada y sacarle dinero? Instintivamente, Dex sabía que era imposible, pero también era consciente de que Lucy ocultaba algo.

Aquella misma tarde, había ido a visitar a Quinton McCain, uno de sus mejores amigos y dueño de la empresa que llevaba toda la seguridad de Messina Diamonds, para pedirle que la investigara.

Si lo único que había querido Lucy desde el principio había sido sacarle dinero, ¿por qué había esperado tanto tiempo? ¿Por qué no había acudido a él desde el principio en lugar de esperar tantos meses? ¿Y por qué había dejado a Isabella en la puerta de su casa?

Cuanto más lo pensaba, menos encajaban las piezas. No era propio de la mujer que conocía dejar a un bebé abandonado.

Dex se fue a la casita de invitados, se puso el bañador y se dirigió a la piscina para hacer unos cuantos largos, a ver si así se le aclaraban las ideas. Una vez en el trampolín, se dijo que a lo mejor Lucy tenía razón e Isabella se merecía algo mejor, pero también que se equivocaba en una cosa: lo que sentía por ella no era un deseo pasajero.

A lo mejor Lucy no tenía suficiente experiencia como para haberse dado cuenta, pero él sabía perfectamente que la química que había entre ellos era mucho más potente de lo normal. Evitarse durante dos semanas no iba a hacer que se evaporara y, tarde o temprano, tendrían que lidiar con ella.

Mientras observaba a Dex nadando en la piscina, Lucy se dijo que había hecho lo correcto.

Debía pensar en el bienestar de Isabella. Sus deseos y necesidades eran irrelevantes. Sin embargo, no podía negarse a sí misma que aquel beso y las caricias de Dex la habían hecho estremecerse de placer.

Frustrada, se apartó de la ventana y se sentó en la butaca junto a Isabella, se cruzó de piernas y suspiró.

Maldito Dex.

Maldito fuera por hacerla desear algo que no podía tener. Tenía razón. Hacía años que no se acostaba con un hombre y las relaciones que había tenido siempre habían sido mediocres.

Como no era como su hermana, como no tenía esa facilidad para saltar de cama en cama, estaba pagando el precio de la frustración sexual. A lo mejor, si tuviera una aventura cada dos meses, ahora podría ignorar al hombre al que tanto deseaba.

Lucy lo estaba evitando.

Dex estaba llegando a casa cada noche más temprano, pero siempre se encontraba con lo mismo. Mavis le servía su cena recalentada y le decía que Lucy ya había cenado y estaba en su habitación durmiendo a Isabella.

El cuarto día, Dex se encontró apretando los dientes. No entendía por qué Lucy lo evitaba, pero hacía muchos años, desde la infancia, que no se sentía tan ignorado, lo que no le hacía ninguna gracia.

Dex se dijo que debería estar agradecido porque Lucy le estaba poniendo las cosas fáciles. Excepto el primer día, que había sido muy duro, no había vuelto a tener que ocuparse de Isabella. Debería estar encantado, pero lo cierto era que estaba muy enfadado.

Por eso, el viernes salió del despacho a las dos de la tarde para estar en casa a las tres. Así era imposible que Lucy se le escapara. Iba a tener que comer con él.

Cuando llegó a casa, fue directamente al salón y se quedó estupefacto al ver la escena que se estaba desarrollando allí.

Lucy y Mavis habían quitado los muebles y habían

puesto varias mantas de colores por el suelo. Todas ellas tenían manchas marrones. Mavis, a quien Dex jamás había visto sonreír antes, estaba sentada en el suelo, con Isabella sobre las rodillas mientras Lucy, que estaba tumbada a su lado con la cabeza apoyada en un cojín y los pies descalzos reposando sobre una de las carísimas butacas de cuero de su hermano, leía un cuento con Mozart de fondo.

En aquel momento, Lucy hizo una pausa para llevarse una uva a la boca, momento que Mavis aprovechó para levantar la mirada. Al encontrarse con los ojos de Dex, lo miró confusa, como si no lo reconociera, como si fuera imposible que hubiera interrumpido su idílica tarde.

–Señorita Lucy –carraspeó mirando en dirección a Dex.

Lucy levantó la mirada también y, al ver a Dex, se incorporó, tirando el cuenco de las uvas al hacerlo.

–Vaya, Dex, ¿qué haces aquí?

–Vivo aquí.

–Ya, pero es viernes y... ¿qué haces que no estás trabajando? –le reprochó recogiendo las uvas.

–Ya ves, es una de las ventajas de ser el jefe –contestó Dex con frialdad.

¿Por qué lo molestaba que su presencia hubiera hecho que Lucy, que estaba relajada y tranquila hacía un segundo, se hubiera puesto tan nerviosa?

–Sí, claro –contestó Lucy terminando de recoger las uvas y mirándolo a los ojos.

En aquel momento, se oyó un pequeño crujido y, al mismo tiempo, el rostro de Lucy reflejó sorpresa.

–Vaya –murmuró levantando el pie, bajo el que había quedado aplastada una uva–. Bueno, supongo que no habríamos podido quitar las manchas de papilla tampoco.

–No se preocupe –la tranquilizó Mavis poniéndose también en pie–. Es sólo una manta. Compraré otra y el señor Derek no se dará ni cuenta –añadió mirando a Dex de manera desafiante, como instándolo a llamar a su hermano en aquel mismo instante–. Bueno, la cena no se hace sola, así que me voy –concluyó marchándose en dirección a la cocina.

–De modo que así es como pasas los días –comentó Dex metiéndose las manos los bolsillos una vez a solas en el salón con Lucy.

–Sí –contestó Lucy.

–Parece divertido.

Lucy lo miró expectante.

–Llevo cuatro días sin veros. No tiene sentido que viváis en mi casa si no os veo, si no puedo pasar tiempo con mi hija.

–Tienes razón –contestó Lucy indignada–. Voy a hacer las maletas ahora mismo.

–No me refería a eso.

–Me lo temía –suspiró Lucy.

–Lo cierto es que, si esto es lo que hacéis... –continuó Dex mirando a su alrededor– me gustaría participar.

–¿Cómo?

–Me gustaría que me contaras qué hacéis –insistió Dex quitándose los zapatos y sentándose sobre la manta, con la espalda apoyada en el sofá.

Lucy lo miró con recelo, pero terminó sentándose también.

–¿No vas a seguir leyendo el cuento? –le preguntó Dex tomando a Isabella entre sus brazos.

La niña le dedicó una de sus preciosas sonrisas desdentadas y Dex sintió que el corazón le daba un vuelco.

–¿Cómo?

–Sí, me ha parecido ver que estabas leyendo *Blancanieves y los siete enanitos* –insistió Dex.

–Sí, sí... –contestó Lucy agarrando el cuento y buscando la página en la que lo había dejado.

Mientras lo hacía, se preguntó por qué demonios aparecía Dex un viernes por la tarde tan pronto en casa y qué era aquello de que quería estar más tiempo con su hija. ¿Acaso quería comportarse como un padre de verdad? ¡Ja!

Lucy se recordó que no tenía mucho tiempo y que necesitaba un plan, una manera de convencer a Dex de que le entregara a Isabella.

A lo mejor, lo que se le había ocurrido funcionaba.

Capítulo Siete

–Lo siento, pero me tengo que ir –mintió Lucy.

Dex la miró apesadumbrado, pero asintió.

–No pasa nada.

–¿Estás seguro? Te vas a quedar solo con ella durante cuatro o cinco horas.

Dex apretó los dientes, pero habló con resolución.

–Podré apañármelas. Si tienes una cena de trabajo, tendrás que ir, ¿no? No te preocupes, yo me encargo de ella.

Habían pasado varios días desde que Dex la había besado y, desde entonces, no había vuelto a intentarlo. Después de eso, Lucy había estado completamente concentrada en idear un plan para que Dex se convenciera de que no era un buen padre.

Era cruel, pero era por el bien de Isabella.

Aunque se sentía horriblemente culpable, Lucy se dijo que era un buen plan. Le iba a dejar a Isabella aquella noche. La cosa parecía muy sencilla, pero Lucy sabía que la situación podía ser fatal. Desde las seis de la tarde a las diez de la noche eran las peores horas, las horas de los lloros, de los cólicos, de no querer dormir y del alboroto generalizado. Además, Isabella no se había echado siesta aquella tarde, así que aquella noche iba a ser especialmente mala.

Como si quisiera darle la razón, Isabella eligió aquel momento para arrugar el rostro y lanzar un chillido. Dex la miró con determinación.

–¿Te puedo llamar a algún número si ocurre algo? –le preguntó a Lucy.

La aludida suspiró.

–Es una reunión muy importante, así que llámame solamente si es una urgencia de verdad.

Dex asintió mientras guardaba el número en su teléfono móvil. Lucy se sentía algo culpable, pero, si Dex quería ser un padre de verdad, allí tenía su oportunidad. Ser un padre de verdad incluía pasar por momentos duros en soledad.

Lucy había pasado varias noches sola con Isabella durante las cuales la niña no había querido dejar de llorar hiciera lo que hiciera, noches en las que se había tirado de los pelos, noches en las que había maldecido a su hermana por haber salido de fiesta y haberle dejado a su hija.

Aquello de ser padres no era para pusilánimes.

Lucy decidió irse, pues, si no se iba ya, podía perder la fuerza que la había llevado a dejar a Dex ante aquella prueba tan dura.

Diciéndose que era su última oportunidad de que le diera a Isabella, se colgó el bolso del hombro y salió por la puerta.

–¿Tú crees que todo irá bien? –le preguntó girándose en la puerta.

–Sí, vete tranquila, todo irá de maravilla –le aseguró Dex mirando a Isabella, que ya estaba llorando.

Lucy asintió y, mientras se dirigía al coche, tuvo la certeza de que las cosas iban a ir fatal.

Dex se quedó mirando a Isabella y sintió que el pánico se apoderaba de él. ¿Qué tipo de plan diabólico había tejido Lucy en aquella ocasión? No había podido oponerse cuando Lucy le había pedido que se quedara con la niña un par de horas, pues ella llevaba cuidando de Isabella durante una semana entera.

Más bien, llevaba cinco meses cuidando de Isabella ella sola, así que, ¿quién era él para quejarse por una sola noche?

Dex se dijo que iba a poder hacerlo. No era la primera vez que se quedaban solos. Las otras veces Isabella también había llorado, mucho, lo que le había levantado dolor de cabeza, pero no pasaba nada.

Mientras avanzaba con la niña en brazos, se volvió a asegurar que iba a poder con la situación. Isabella se puso llorar todavía más fuerte y comenzó a darle puñetazos en la cara.

Dex la apartó y la miró con la intención de analizar la situación, calcular los daños y buscar la solución.

—Sólo puede haber unas cuantas cosas que te hagan llorar así —comentó Dex.

Al oír su voz, Isabella dejó de llorar, abrió los ojos y esperó la propuesta.

—Puede ser que haya que cambiarte el pañal —aventuró Dex oliéndola—. No, no es eso. Entonces, puede que sea que tienes hambre.

Tampoco podía ser eso porque había visto a Lucy dándole el biberón hacía menos de una hora.

–¿Estás cansada? En ese caso, te quedarás dormida en breve. A lo mejor es que echas de menos a Lucy. Claro que también podría ser que supieras que te han dejado en manos de un aficionado que no tiene ni idea de lo que hay que hacer. En ese caso, nos hemos metido en un buen lío.

Efectivamente.

Dos horas más tarde, después de haberla cambiado de pañal varias veces, de haber preparado varios biberones que Isabella no había tomado y con los tímpanos rotos, Dex se hacía una idea de por qué Lucy había dejado a Isabella en la puerta de su casa. Cinco meses así y seguro que él habría hecho lo mismo.

Al final, hizo lo que tantas veces le había visto hacer a Lucy, ponerse a Isabella contra el pecho y tararearle al oído moviéndose por el salón. Después de tres cuartos de hora sin parar de moverse, Isabella comenzó a relajarse. Dex estaba agotado. Al ver que la niña estaba casi dormida, se acercó al sofá y se sentó. Al instante, Isabella abrió los ojos y protestó.

–Venga, no te pongas así. Si te acababas de tranquilizar.

Isabella ladeó la cabeza, parpadeó, lo miró con sus inmensos ojos azules y escuchó. En cuanto Dex se echó hacia atrás para descansar un poco, se sonrojó y abrió la boca para gritar, así que Dex continuó hablando.

—No tenía ni idea de que los niños dierais tanta lata. Es cierto que he visto a muchos niños dando la lata en restaurantes y tiendas, pero eran mayores que tú, ya tenían movilidad propia. Supongo que me lo tengo bien merecido por haber sido el travieso de la familia. Derek, tu tío, siempre ha sido muy serio, incluso de pequeño. Nunca se pasó de la raya, ¿sabes? Yo fui el que salía por la ventana del segundo piso para subir al tejado y tirarme sobre un montón de césped recién cortado.

En aquella ocasión, solamente se rompió una pierna, pero a su madre casi le dio un ataque al corazón. Dex chasqueó la lengua al recordar los gritos de su progenitora, la recordaba perfectamente, con los puños apretados y la cara roja de tanto gritarle. Desde luego, su madre tenía genio. Bueno, eso había sido antes del cáncer, que había terminado con todas sus fuerzas.

—A tu abuela le habría encantado conocerte, Izzie —le dijo a Isabella.

Pero era imposible. Su madre ni siquiera había visto terminar el colegio a sus hijos. Al ver que Izzie lo escuchaba, le contó un montón de cosas de su madre, de todo lo que se había perdido, le contó que había muerto cuando él tenía once años, le contó que se había casado con un geólogo pobre que estaba convencido de que había diamantes en los territorios del noroeste de Canadá y al que todo el mundo había tomado por loco y le contó que ella nunca había perdido la fe en su marido aunque no vivió para ver que tenía razón.

—Cuando mi padre descubrió el primer diamante, lo mandó engastar en un anillo para ella aunque ya había muerto. Solía decir que había sido el amor de su vida y que jamás encontraría a nadie que la reemplazará.

Y así había sido. Su padre había vivido otros diecinueve años, siempre solo.

Dex se echó hacia atrás, puso los pies sobre la mesa y colocó a Izzie apoyada en sus piernas para poder verla. En una de las incontables ocasiones en las que le había cambiado el pañal, la había dejado sin camiseta, así que la niña estaba ahora con la tripita al aire.

Dex se sacó la caja del bolsillo, la abrió y le enseñó a su hija la delicada cadena de platino y el sencillo solitario de diamantes.

Justo antes de morir, su padre le había entregado el anillo a Dex y le había hecho prometer que algún día se lo entregaría al amor de su vida. Aquel día, Dex había ido al joyero para comprar una cadena que le fuera bien para colgárselo a Isabella del cuello.

—A lo mejor eres un poco pequeño todavía, pero todo llegará —le dijo alargando la caja.

La niña señaló el anillo, así que Dex sacó la cadena y dejó el anillo colgando en el aire. El diamante brillaba a la luz. Izzie sonreía encantada y Dex sintió que el corazón le daba un vuelco.

Era un milagro que aquella niña fuera suya, que aquel ser humano perfecto procediera de él. Llevaba toda su vida adulta evitando compromisos emocionales, manteniendo a todo el mundo a distancia porque así lo había elegido, pero ahora ya no estaba tan seguro.

Por supuesto, podría apartar a Isabella de su vida, pero ¿sería justo para ella? Tal vez, sí. Al fin y al cabo, ¿que sabía él de ser padre? A lo mejor, Izzie era más feliz si él saliera de su vida, si dejara que la criara Lucy.

Sin embargo, todas las células de su organismo se revelaron contra la idea de no volver a verla. Además, dejársela a Lucy sería una cobardía por su parte.

Dex pensó en su infancia, que había sido tan triste. ¿Cuántas veces les había echado en cara a sus padres que habían antepuesto sus necesidades y deseos a los suyos? Si abandonada a Izzie, estaría haciendo exactamente lo mismo.

Dex se dio cuenta de repente de que Isabella había dejado de llorar. Llevaban casi tres horas solos. Podía estar con ella perfectamente. Podía ser su padre. Seguramente, le faltarían muchas cosas por aprender, pero ya las aprendería.

Mientras hacía oscilar la cadena con el anillo frente a Isabella, que sonreía encantada, se sintió realmente contento. En aquel momento, sonó su teléfono móvil, momento que Isabella aprovechó para agarrar la cadena.

Dex se metió la mano en el bolsillo y se sacó el teléfono, frunciendo el ceño al ver quién era.

Lucy.

–¿Qué tal vais?

–Muy bien –contestó Dex sinceramente, aliviado porque no hubiera llamado hacía una hora, cuando Isabella estaba llorando a pleno pulmón.

—¿De verdad?

—Sí, de verdad.

—No está llorando —observó Lucy.

—No, ha parado hará una hora. Estamos muy bien —le aseguró Dex mirando a la pequeña.

Entonces, se dio cuenta de que faltaba la cadena.

—Qué... bien —comento Lucy sin mucho entusiasmo.

Dex apenas se dio cuenta.

—Sí, luego nos vemos —murmuró colgando sin previo aviso.

¿Dónde estaba la cadena? ¿Qué había hecho Isabella con él? La niña lo miraba encantada, llevándose a la boca el puño entero. Dex se quedó mirándola estupefacto mientras el pánico se apoderaba de él.

—Oh, no. No me digas que te lo has tragado.

Isabella se rió.

Dex le sacó el puño de la boca, le metió el dedo y la exploró. Nada. A continuación, la tomó en brazos con la esperanza de que el collar cayera al suelo. No fue así. Miró entonces entre la ropa de la niña, miró entre su propia ropa, miró entre todos los cojines del sofá, miró por el suelo y debajo del sofá, se puso de rodillas y maldijo.

¿Cómo había podido cometer un error tan estúpido? ¿Y por qué tenía que pagar Isabella por su estupidez? Dex se puso de pie, agarró el teléfono móvil de nuevo y buscó el teléfono personal de la secretaria de su hermano. Menos mal que ya había vuelto de Amberes.

—Raina, soy Dex —le dijo.

–¿Dex? ¿Qué ocurre? –contestó la secretaria con voz somnolienta.

–Verás, estoy con el bebé y creo que se ha tragado algo. ¿Qué hago?

–Tranquilo –suspiró Raina–. Lo primero es no perder la calma. ¿Se está ahogando? ¿Está tosiendo?

–No, no parece que se esté ahogando.

–¿Se está poniendo azul o algo por el estilo?

–No, respira con normalidad.

–Bien. En cualquier caso, si algún día le cuesta respirar y tose, no me llames a mí, llama a una ambulancia, ¿entendido?

–Sí, Raina, lo siento mucho –contestó Dex sinceramente–. No sabía a quién llamar.

Por supuesto, podría haber llamado a Lucy, pero no había querido hacerlo porque era evidente que Lucy estaba esperando a que hiciera algo mal.

–No pasa nada. Si no se está ahogando, no pasa nada, pero llévala al médico. Hay un hospital infantil cerca de tu casa. Te voy a dar la dirección.

Dex cerró los ojos con fuerza mientras se paseaba de un lado a otro del salón con Isabella en brazos.

–Dex, quiero que sepas que no va a ser fácil porque, si la tienen que ingresar, te van a pedir el certificado de nacimiento. Como no se lo vas a poder dar, van a tener que llamar a servicios sociales.

Tras darle las gracias a la secretaria de su hermano, Dex colgó el teléfono y colocó a Isabella en su sillita. No le quedaba más remedio que llamar a Lucy para contarle lo sucedido. Podían quedar en el hospital. No había problema. Ella llevaría el certificado de nacimiento y, en cualquier caso, aunque el hospital tuviera que llamar a servicios sociales, no pasaba nada.

Lo único importante era que no le pasara nada a Isabella.

Capítulo Ocho

El médico que estaba de guardia resultó ser un doctor jovial de ésos que sacan de quicio a los padres en una urgencia.

–Bien, bien, bien –le dijo a Isabella con una gran sonrisa–. Así que te has tragado un collar, ¿eh?

La enfermera miró la carpeta y miró a Lucy.

–Una cadena y un anillo de diamantes, según consta en el expediente. ¿Quién estaba cuidando de la niña cuando sucedió el percance?

Lucy presintió que Dex iba a contestar, pero se adelantó.

–¿Y eso qué más da? Ha sido un accidente –contestó volviendo a fijar su atención en el médico–. ¿Qué se puede hacer?

–Lo primero, una radiografía para ver en qué zona del tracto intestinal se encuentra alojado el objeto –contestó el doctor–. Si resulta que no ha avanzado demasiado, a lo mejor, podemos sacárselo por la boca.

Dex palideció, pero consiguió asentir. Lucy le apretó la mano.

–Señorita, le está dando usted un susto de muerte a sus padres –le dijo el médico a la niña, tomándola de brazos de Dex–. Si no me equivoco, necesita usted que le cambien los pañales.

La enfermera, ya era de por sí una mujer con expresión amargada, los miró como si aquél fuera el insulto final, la prueba definitiva de que eran unos padres desastrosos.

Lucy se sonrojó. Con los nervios, ni siquiera se le había ocurrido la posibilidad de que Isabella se hubiera hecho algo.

—Ya me encargo yo —contestó tomando a la niña de brazos del médico.

—No me he traído ningún pañal limpio —comentó Dex apesadumbrado, evidenciando que tampoco era invulnerable a la desaprobación de la enfermera.

—No te preocupes, tengo un par en el bolso —lo tranquilizó Lucy.

El doctor y la enfermera salieron de la sala y los dejaron a solas para que le cambiaran el pañal a la niña. Mientras lo hacía, Lucy no pudo evitar que la mente se le acelerara. Sabía que los niños se tragaban cosas y que, a veces, simplemente las expulsaban con los excrementos y no pasaba nada.

Aun así, estaba realmente preocupada. ¿Y si la tenían que operar? Oh, Dios mío. Aquello significaría quirófano y anestesia.

¿Y si…?

Lucy miró hacia abajo y se fijó en lo que estaba haciendo.

—Dex, tú crees que se ha tragado el anillo, ¿verdad?

—Sí.

—¿Un solitario no demasiado grande, como de medio quilate o así?

—Sí.

Lucy chasqueó la lengua y sintió que el alivio se apoderaba de ella, se hizo a un lado y le indicó a Dex que mirara el pañal sucio. Allí, en mitad de los excrementos, estaba el anillo. Sí, sucio, habría que lavarlo, pero intacto.

—No se lo ha tragado, Dex, se lo metió en el pañal.

Era la conclusión obvia, pues no le había dado tiempo de expulsarlo.

—No puede ser, he mirado por todas partes —contestó Dex frunciendo el ceño.

—Supongo que no se te ha ocurrido mirar ahí —rió Lucy.

Dex parecía más irritado que aliviado, y aquello hizo que Lucy se riera todavía más.

—¿Y por qué hace cosas así?

—Porque es un bebé —contestó Lucy con lógica aplastante.

A Dex seguía sin parecerle divertida la situación, y Lucy no podía parar de reírse.

—Termina tú de cambiarla, yo voy hablar con el médico —anunció Dex yendo hacia la puerta.

Una vez a solas, Lucy recuperó el solitario, lo limpió y se quedó mirándolo. Cuando Dex le había dicho que Isabella se había tragado un diamante, no había podido evitar preguntarse qué hacía Dex con un solitario en el bolsillo. Normalmente, esos anillos se utilizaban como anillos de pedida.

Por supuesto, a Lucy se le había pasado por la cabeza, aunque brevemente, la posibilidad de que Dex estuviera pensando en pedirle que se casara con él.

¿Por qué contratar a una niñera cuando podía tenerla casándose con ella?

Por suerte, no tenía el anillo para eso, tal y como demostraba que fuera unido a una cadena del tamaño de un bebé. Era evidente que era para Isabella.

Qué gran alivio.

Tras recoger todo, Lucy agarró a Isabella y se lavó las manos. Mientras lo hacía, pensó que había creído desde el principio que era imposible que Dex fuera un buen padre porque era un hombre frío y distante, un hombre al que no quería ver cerca de Isabella. Y por eso, precisamente, había contado la mentira que había contado. Sin embargo, parecía que Dex quería realmente a su hija.

¿Y si se había equivocado?

Dex condujo hasta casa en silencio y solo, pues Isabella se había ido en el coche de Lucy con Lucy, con quien debía estar.

Dex apretó el volante mientras los reproches se agolpaban en su cabeza. Qué cantidad de estúpidos errores había cometido. ¿Cómo había podido ser tan imbécil como para darle un anillo a un bebé? ¿Cómo había sido tan imbécil como para no mirar en el pañal en cuanto había desaparecido?

De haberlo hecho, no habría tenido que llamar a Lucy. De haberlo hecho, Lucy no habría sabido nunca lo estúpido que era.

No, lo cierto era que era mejor que supiera que

no tenía ni idea de cómo tratar a un bebé porque era la verdad, era incapaz de cuidar de un bebé.

Al entrar en casa, comprobó que Lucy había llegado primero y que ya estaba sacando a Izzie, que estaba dormida, del coche.

Cuando un rato después la dejó en la cuna, la niña ni se movió. Al girarse y ver que la estaba observando desde la puerta, Lucy lo miró con frialdad y Dex se estremeció, pues no era para menos.

–Supongo que tenemos que hablar de lo que ha sucedido –comentó Lucy saliendo de la habitación.

–Supongo que estás deseando que mantengamos esta conversación. Vas a tener la oportunidad de echarme una buena bronca por todo lo que he hecho mal –contestó Dex.

Lucy no contestó hasta que no hubieron llegado al salón, y a Dex le pareció que estaba buscando las palabras adecuadas.

–Sí, es cierto, esperaba que todo te saliera mal –admitió Lucy sentándose en el sofá.

–Yo también sabía que iba a ser incapaz de hacerlo bien –confesó Dex con tristeza, yendo hacia el bar para servirse un brandy.

Tras mirar a Lucy, sirvió otro.

–No estoy acostumbrado a que las cosas me salgan mal.

–Ya, supongo –contestó Lucy probando el brandy–. Sin embargo, quiero que sepas que lo que ha pasado esta noche no ha sido culpa tuya, sino mía.

–Lucy...

–Déjame terminar, por favor –dijo Lucy poniéndose en pie y dejando el brandy sobre la mesa–. No tenía ninguna reunión de trabajo, ha sido una excusa para dejarte solo con Isabella –confesó sintiéndose culpable–. Sabía perfectamente que no ibas a ser capaz, sabía perfectamente que no estabas preparado. Todo esto ha sido culpa mía.

Parecía tan apesadumbrada que Dex sintió deseos de estrecharla entre sus brazos.

–Sí, lo entiendo. Querías que viera lo difícil que es –sonrió–. Querías que me diera cuenta y que me rindiera, que te entregara a la niña.

Lucy lo miró sorprendida.

–¿Te habías dado cuenta de mi plan?

–¿De verdad creías que tu estrategia me iba a pasar desapercibida?

–Sí, supongo que creí que podría engañarte –rió Lucy–. Y yo creyendo que había ideado un plan inteligentísimo

–En cualquier caso, tenías razón, no estoy preparado.

–¿Cómo que no? –se sorprendió Lucy.

–He estado a punto de matarla –se lamentó Dex.

–Eso no es así. Nunca ha estado en peligro real y, en cualquier caso, aunque se hubiera tragado la cadena y el anillo, podría haber sido mucho peor, podría haberse tragado una medicina, lejía o vete tú a saber qué. Los niños se lo llevan todo a la boca. Por eso hay que tener mucho cuidado.

Dex se preguntó dónde guardaría Mavis la lejía. No tenía ni idea. En cuanto a los medicamentos, ni Derek ni él tomaban nada sin receta, pero también era cierto que por casa seguro que habría algún tipo de genérico y tampoco sabía dónde estaba.

Entonces, recordó que Tim, del departamento de marketing, había comentado en una ocasión que iba a contratar a un profesional para que inspeccionara su casa en busca de peligros para un bebé. En el momento, Dex se había reído en su cara, pero ahora lo entendía perfectamente. No solamente lo entendía, sino que le iba a pedir el teléfono del profesional en cuestión en cuanto lo viera.

Lucy, sin embargo, no parecía tan preocupada como él, pues charlaba tranquilamente.

–Lo importante es que no has dejado que el pánico te bloqueara –estaba diciendo.

–Siento decir que sí me he asustado –contestó Dex terminándose el brandy de un trago.

–Te has asustado, de acuerdo –concedió Lucy sentándose junto a él–. Es normal, le habría pasado a cualquier padre, pero, aun así, hiciste lo correcto. La llevaste al hospital –añadió poniéndole la mano en el brazo.

Al sentir la palma de la mano sobre el bíceps, Dex sintió que otro tipo de tensión muy diferente se apoderaba de él. Miró a Lucy a los ojos y, al ver la tranquilidad y la confianza que había en ellos, se dijo que él también quería creer que podía ser un buen padre.

Sin embargo, no era aquello lo único que quería.

Había muchas cosas que no sabía sobre los bebés, pero había otras muchas que sí sabía sobre la vida. Por ejemplo, sabía que lo mejor después de una experiencia intensa era una buena sesión de sexo, sabía cómo hacer jadear de placer a una mujer, sabía cómo liberarse de las recriminaciones en el cuerpo de una mujer.

–Supongo que tú también lo habrás pasado mal –comentó apartándole a Lucy un mechón de pelo de la cara.

Lucy se mojó los labios. Era evidente que estaba nerviosa.

–Estoy bien –le aseguró retirando la mano–, un poco cansada, así que me voy a ir a...

Pero Dex no dejó que se marchara, la agarró de la mano y la tomó entre sus brazos.

–No, lo que nosotros necesitamos es esto –le dijo apretándola contra su pecho.

Lucy no protestó cuando Dex se inclinó sobre ella y la besó.

Capítulo Nueve

Dex sintió cómo el cuerpo de Lucy, todo curvas, se apretaba contra él. Paladeó su necesidad, su pasión y también su miedo y su desesperación.

Lo que más le sorprendió fue que él estaba sintiendo exactamente lo mismo. Era evidente que Lucy necesitaba lo que estaba ocurriendo, pero él también.

Así que se perdió en las caricias, en su boca, en sus labios y en su lengua, en sus manos y en su pelo, en sus pechos, apretados contra su torso, voluminosos y blandos, en contraste con sus pezones duros y erectos.

Dex se colocó entre los pies de Lucy, obligándola a separar las piernas, Lucy separó los muslos y deslizó un gemelo por la parte externa de la pierna de Dex, arqueando a continuación la pelvis y encontrando su erección.

Dex gimió mientras el deseo se apoderaba de él por completo y se apretaba todavía más contra el cuerpo de Lucy, acariciando sus nalgas. Lucy tenía un cuerpo sensual y sólido increíblemente femenino.

Dex la besó por el cuello, haciéndola jadear y echar la cabeza hacia atrás para permitirle mejor acceso. Sentía su piel caliente, percibía su olor, su necesidad, así que fue excitándola cada vez más hasta que cayeron sobre el sofá.

En cuanto sus cuerpos se separaron unos centímetros, Lucy aprovechó para deslizar las manos y desabrocharle la camisa, pero pronto cejó en su empeño y se concentró en desabrocharle los vaqueros.

Sin dejar de besarla, Dex sintió cómo Lucy se quitaba también los pantalones y los dejaba caer al suelo.

No necesitó más.

En aquel mismo instante, deslizó la mano entre sus piernas y encontró sus pliegues húmedos y llenos de deseo. Su erección, atrapada en los pantalones, amenazaba con traspasarlos para encontrar la liberación.

–Por favor, dime que tienes un preservativo –gimió Lucy.

Dex tardó unos segundos en procesar la información. Maldición. En aquellos momentos, lo último en lo que estaba pensando era en un preservativo, pero sabía que tenía uno en la cartera, así que la buscó y volvió entre sus brazos.

Verla allí tumbada en el sofá, con la camisa desabrochada, revelando sus pechos perfectos todavía vestidos con el sujetador rosa pálido y sus muslos cremosos abiertos estuvo a punto de hacerlo eyacular.

Lucy abrió los brazos. Era evidente que lo necesitaba.

–Tranquila –le dijo Dex haciendo las cosas con lentitud.

Primero, le desabrochó el sujetador y, luego, retiró la tela para dejar sus pechos al descubierto, maravillándose de la perfección de aquellos pechos, los más bonitos que había visto jamás.

Lo más erótico fue para él la efervescencia de la pasión de Lucy, eso era lo que lo estaba excitado sobremanera. Con manos temblorosas, terminó de desnudarla, deleitándose en cada centímetros de su cuerpo.

Pocos segundos después, estaba penetrando en el interior de su cuerpo, perdiéndose en el calor y en la energía, en el movimiento de sus caderas, en los gemidos de placer.

Lucy lo abrazó de la cintura con las piernas y arqueó la cadera hacia él. Dex se excitó todavía más. Aquella mujer era increíble.

Aquel encuentro no estaba siendo seducción premeditada, nada estaba siendo falso, sólo deseo y pasión.

Sentía a Lucy por todas partes, en la mente, en las venas. Con cada movimiento de su cuerpo, el placer aumentaba hasta que solamente sintió el calor del cuerpo de Lucy, la tensión de sus músculos alrededor de su pene, el espasmo de su clímax.

Entonces, le pareció que su alma quedaba impresa en él y, mientras él también se dejaba ir, supo que jamás olvidaría aquel momento, que jamás olvidaría a aquella mujer.

¿Cómo era posible que se hubiera olvidado de ella?

***

Lucy sentía todavía el placer reverberando por todo su cuerpo, sentía a Dex tumbado sobre ella, sus cuerpos todavía unidos… y ya estaba teniendo dudas.

Bueno, más bien, estaba sintiendo pánico.

Su parte lógica y pragmática, su parte lógica y racional, la parte que la había guiado a la hora de tomar decisiones desde que había cumplido los once años, se lanzó a echarle una buena reprimenda.

«¿Pero qué has hecho? ¿Cómo se te ha ocurrido acostarte con un hombre al que no conoces de nada? Bueno, sí lo conoces, pero eso es todavía peor. Se trata de Dex, del padre de Isabella. No deberías haberlo hecho, le has mentido, le has engañado y este hombre podría hacerte la vida imposible si se diera cuenta del engaño».

Y, al haberse acostado con él, había aumentado las posibilidades de que aquello sucediera porque Dex se había acostado con Jewel, que era una mujer sensual y exótica, una mujer que sabía tentar y excitar a un hombre. Ella, sin embargo, no tenía ninguna de esas capacidades, no tenía los conocimientos amatorios que tenía su hermana.

Lo más probable era que Dex se diera cuenta de que la mujer con la que se acababa de acostar no tenía nada que ver con la mujer con la que se había acostado hacía catorce meses.

Lucy esperó a que Dex comentara algo, se diera cuenta de la diferencia y rezó para que la achacara a la bebida.

Su parte emocional, le dijo que aquel hombre no era un hombre sin escrúpulos, sino un hombre preocupado que lo había pasado muy mal y era natural que hubiera buscado consuelo en ella.

«¿Natural? No, de natural nada. Más bien, cómodo. ¿Y ahora qué? ¿Cuántas veces durante los próximos días buscaría consuelo en el sexo de manera natural de nuevo? ¿Cuántas veces más hasta cometer el mismo error? ¿No te das cuenta de que ahora te va a resultar mucho más difícil agarrar a Isabella e irte cuando llegue el momento?».

Sí, todo se resumía en eso, en su decisión de llevarse a Isabella, pero ¿y si no estuviera haciendo lo correcto? ¿Quién le decía que apartar a Isabella de Dex fuera lo adecuado?

Evidentemente, le había parecido lo más normal del mundo pedir la custodia de Isabella cuando había creído que Dex era un autómata sin corazón, pero ya no lo creía así, ahora sabía perfectamente que quería a su hija.

Sí, Dex quería a su hija, tal vez tanto como ella, así que, ¿qué derecho tenía a decidir lo que era mejor para ellos?

Lucy estaba tan perdida en su debate mental que apenas se dio cuenta de que Dex se ponía la camisa y se dirigía al baño. Volvió unos minutos después con un vaso de agua que le entregó. Lucy lo aceptó sin mirarlo a los ojos.

—¿Adónde te has ido? —le preguntó.

—¿Cómo? —contestó Lucy mirándolo sorprendida.

—De repente, has pasado de la pasión a la indiferencia total, como si no estuvieras aquí —contestó Dex poniéndose los vaqueros.

Lucy se bebió el agua y se puso los vaqueros también, pero no contestó a su pregunta.

—No me vas a dar la custodia de Isabella, ¿verdad? —le preguntó.

—¿La custodia única? —contestó Dex.

—Sí —contestó Lucy con el corazón en un puño.

—No, no te voy a dar la custodia única.

—¿Haga lo que haga? Por mucho que demuestre que soy buena madre, ni siquiera vas a considerar la posibilidad, ¿verdad? —preguntó Lucy con desesperación, intentando ser empática.

Intentando entender al hombre que tenía ante sí, al padre, al hombre que le acababa de dar consuelo y placer. Le hubiera resultado muy fácil demonizarlo, fingir que no tenía necesidades ni derechos, pero ya era suficiente con haberle mentido a él. ¿Para qué se iba a mentir también a sí misma?

Lucy sintió un profundo dolor en el pecho y se apartó para que Dex no se diera cuenta, pero Dex había percibido su desesperación, lo que lo llevó a acercarse a ella y a acariciarle con ternura la mejilla.

—No se trata de que seas buena madre o no, sino de lo que es mejor para Izzie. No pongo en duda que seas la mejor madre del mundo, pero también necesita un padre.

De alguna manera, oír que la llamaba Izzie, un apodo tan cariñoso, hizo que Lucy sintiera una puñalada en el corazón, como si de repente Dex tuviera un pedazo de Isabella que ella no tenía, un pedazo que jamás le devolvería.

—Pero... —protestó.

–Supongo que habrá muchas madres solteras que no estén de acuerdo conmigo, pero te aseguro que no tienes por qué hacer esto sola. Además, mi situación económica es mejor que la tuya.

–¿Vamos a hablar de dinero? –se indignó Lucy distanciándose de él–. ¿Vas a convertir este tema en un tema económico?

–Simplemente, estoy siendo sincero.

–Lo que estás diciendo es que, si se me ocurre ir a juicio, ganarás tú porque tienes más dinero que yo.

–Yo no he dicho eso en ningún momento. Sabes perfectamente que criar a un hijo es caro.

–Ya, claro, ahora me vas a decir que, si te quedaras tú con Isabella, no le faltaría de nada a nivel material, iría a los mejores colegios, tendría buena ropa y una estupenda educación –protestó Lucy.

–Sí, y tú me vas a decir que en el mundo y en la vida hay cosas mucho más importantes que el plano material –la interrumpió Dex.

Por supuesto que aquello era lo que Lucy iba a decir, pero también era realista y sabía que el dinero hace las cosas más fáciles, así que se sentó en el borde del sofá, apoyó los codos en las rodillas y se resignó.

Su familia era de clase media baja. Nunca le faltó de nada, no eran pobres, pero tampoco podían seguir el tren de vida de la mayor de las familias del colegio, que eran clase media alta.

Su padre había hecho todo lo que había podido, les había dado una educación excelente, pero Lucy recordaba perfectamente haber deseado y no haber tenido cosas mejores, como la ropa y los juguetes que otras niñas tenían. La realidad era que la ropa había sido lo de menos, lo que de verdad le hubiera gustado tener habría sido una palabra de afecto y ánimo de su progenitor, pero lo único que había conseguido habían sido cosas materiales.

–Tienes razón, el dinero no lo es todo, pero ayuda –reconoció.

Al haber crecido sin el amor de su madre ni de su padre, Lucy se había acostumbrado a llevar la cabeza muy alta, a vestirse con sus ropas cutres con mucha dignidad y a asegurarse de que nadie tuviera lástima de ella. Jamás había pedido nada prestado, jamás se había quejado y jamás había permitido que nadie se diera cuenta de que ella era consciente de que era de segunda clase.

Por supuesto, quería algo mejor para Isabella, era normal.

Lucy se puso en pie y se acercó a la chimenea, que en aquella época del año estaba apagada.

–Me aceptaron en las universidades de Brown y Princeton, pero no pude ir porque mi padre no tenía dinero para mandarme.

–Podrías haber pedido un crédito blando –comentó Dex.

–Por supuesto, pero habría tenido deudas durante varios años –contestó Lucy recordando aquel momento tan duro que había vivido a los dieciocho años–. No quería verme endeudada cuando tenía una beca de la universidad de Texas. Como verás, sé perfectamente que el dinero es importante. No lo niego. Lo único que digo es que no lo es todo.

–Estoy completamente de acuerdo contigo y te aseguro que no tengo ninguna intención de criar a Isabella yo solo. Tú eres su madre y te necesita, así que no te voy a dar la custodia única, pero tampoco pretendo separarla de ti.

Pero eso era exactamente lo que iba a suceder. En cuanto se enterara de que no era realmente la madre de Isabella, Dex haría todo lo que estuviera en su mano para que no volviera a ver a la niña.

Y lo peor era que Lucy se estaba empezando a dar cuenta de que, además de perder a Isabella, lo iba a perder también a él.

Capítulo Diez

Dex se pasó todo el día siguiente intentando contactar con Quinn para preguntarle sobre Lucy. El investigador no había encontrado absolutamente nada que Dex no supiera ya.

Por lo visto, Lucy Alwin era una ciudadana modélica que pagaba sus impuestos, tenía un buen sueldo, devolvía los libros a la biblioteca en el plazo acordado y nunca le habían puesto una multa por exceso de velocidad. En definitiva, no había nada en su vida que levantara sospechas.

Dex empezó a pensar que aquella mujer sólo había cometido dos errores en su vida: haberse acostado con él y haber abandonado a Isabella en su puerta. En el primer error, él había tenido mucho que ver y, en cuanto al segundo, seguía resultándole todo un misterio.

Era evidente que, ya que ni Derek ni él habían denunciado el incidente a las autoridades y dado que Lucy era una ciudadana modélica, le costaría mucho convencer a un juez de que era mala madre.

Si quería explorar ese camino, no le iba a llevar a ningún lado. Además, hacer pasar a Lucy y a Isabella por una batalla legal le parecía espantoso. Aquello sólo le dejaba un camino. Si quería compartir la custodia de Isabella, iba a tener que casarse con su madre.

El barrio en el que vivía Dex no era de los barrios en los que pasaban los vendedores ambulantes, así que cuando sonó el timbre a las dos de la tarde, justo cuando había dormido a Isabella, Lucy se sorprendió.

Al abrir la puerta, se encontró con una mujer alta y delgada que llevaba un bolso grande y negro y tenía el pelo rubio platino recogido en un moño que le daba la apariencia de institutriz gruñona.

Era evidente que a aquella mujer no le hacía ninguna gracia estar allí.

—¿En qué puedo ayudarla? —le preguntó Lucy.

—Hola, soy Raina Huffman —se presentó la mujer extendiendo la mano y entrando sin esperar a ser invitada—. Soy la secretaria del señor Messina, de Derek Messina. Dex me ha dicho que le trajera esto —añadió entregándole un portavestidos, que Lucy se quedó mirando anonadada.

—¿Su ropa de la tintorería? —preguntó.

—No —contestó Raina poniendo los ojos en blanco—. Son unos cuantos vestidos que a Dex le han parecido apropiados para usted, para que elija uno para la gala de esta noche.

—Ah...

Al ver que Lucy no tenía ninguna prisa por agarrar el portavestidos, Raina lo dejó sobre el respaldo del sofá.

—Le he puesto también...

–¿De qué gala me está usted hablando?

–Esta noche, Messina Diamonds da una fiesta por todo lo alto para celebrar la inauguración de sus oficinas en Amberes. Dex es de la opinión de que debe usted asistir, me indicó que le trajera unos cuantos vestidos y me sugirió que fuera a la peluquería a que la peinen y la maquillen.

–Ah, comprendo –contestó Lucy.

Dex le había hablado del evento en cuestión hacía un par de días, pero en ningún momento la había invitado a ir con él y ahora resultaba que se lo estaba ordenando. Típico de los Messina.

–Bueno, pues le dice de mi parte que no voy a ir a ninguna fiesta ni hoy ni ninguna otra noche con o sin ropa apropiada porque tengo que cuidar de Isabella.

–Eso también está arreglado. He contratado los servicios de una agencia de canguros de total confianza. La empleada debe de estar a punto de llegar –contestó Raina consultando su reloj–. Va a venir un chófer a recogerla para llevarla a la peluquería dentro de una hora. Le sugiero que apueste por un estilo más conservador –añadió mirando el pelo rojo de Lucy.

Lucy sintió que la irritación se apoderaba de ella. No sabía con quién estaba más enfadada, si con aquella Raina por juzgarla cuando no la conocía de nada o con Dex por haberle mandado a aquella mujer a su casa.

«Muy bien, no se lo voy a tener en cuenta. Seguramente, simplemente está haciendo su trabajo. La otra posibilidad es que tenga un palo metido por el trasero», pensó Lucy.

Lucy decidió ignorar el comentario de la institutriz de hielo y se acercó al portavestidos para echarles un vistazo.

El logo era de una tienda maravillosa en la que Lucy jamás hubiera tenido dinero para comprar y, ahora que resultaba que le habían ofrecido vestidos de aquella tienda, lo había elegido la señora Institutriz de hielo. Qué mala suerte. Sin embargo, al bajar la cremallera, Lucy no pudo evitar una exclamación de sorpresa, pues el vestido que encontró, de seda, cuerpo fruncido y falda de vuelo, era precioso.

–No le gusta.

–No, no es eso –se apresuró a contestar Lucy acariciando la tela–. Es precioso. ¿Lo ha elegido usted? –preguntó sorprendida.

Raina frunció el ceño.

–Hay otros tres. A lo mejor, algún otro le gusta más.

–No, éste me encanta. ¿La fiesta es tan formal?

–No es la primera vez que voy a una fiesta de Messina Diamonds –le espetó Raina–. Sé perfectamente cómo hay que ir vestida.

Estupendo. La había ofendido de nuevo.

–Tranquila, confío en usted, lo que pasa es que la última vez que me puse un vestido tan bonito, Jake, el chico con el que fui a la fiesta de fin de curso bebió demasiado y me vomitó encima tres veces.

–Qué bonito.

–Es un vestido precioso, de verdad –insistió Lucy al ver que aquella mujer no tenía ningún sentido del humor–. Tiene un gusto excelente –añadió viendo que Raina fruncía todavía más el ceño, evidentemente molesta por su cumplido–. ¿Por qué tengo la sensación de que no le caigo bien?

Raina parpadeó y apretó los labios.

–No entiendo la pregunta –contestó.

–Claro que la entiende. Le va a dar tortícolis si sigue levantando el mentón para mirarme por encima del hombro. No me malinterprete, entiendo que le moleste que Dex le haya dicho que vaya a comprarme ropa porque a mí también me habría molestado, pero sospecho que es más que eso. No le caigo bien.

–Bueno, ya que lo pregunta, Jewel... a lo mejor Dex no se acuerda de cuando trabajaba en la empresa, pero yo me acuerdo perfectamente de usted.

–Ah –exclamó Lucy mordiéndose el labio e intentando esconder su desazón.

No se había dado cuenta, completamente concentrada como estaba en convencer a Dex de que era la mujer con la que se había acostado, que Jewel había trabajado en su empresa. No se le había pasado por la imaginación ni por un momento que iba a tener que convencer a otros de que era Jewel. Las cosas se complicaban.

Lucy sintió al instante la necesidad de defender a su hermana, pero tampoco sabía muy bien de qué y era evidente que Raina estaba esperando una contestación, así que se encogió de hombros y respondió de manera ambigua.

–Supongo que nunca fui la empleada ideal.

–Ni que lo diga. Siempre vestida de manera poco adecuada, flirteando sin parar, lanzándose al cuello de... –contestó Raina mordiéndose la lengua como si hubiera hablado más de la cuenta.

De repente, Lucy entendió su comportamiento. Le había hablado con desprecio desde que había llegado, pero ahora entendía que había algo más.

Celos.

Eso era lo que Jewel despertaba en otras mujeres. Su hermana siempre había sido una mujer muy sensual y las demás le solían tener envidia.

–Así que no le caigo bien porque flirteaba con Dex.

–Con Derek, querrá decir –dijo Raina un tanto confundida–. Claro que no le sirvió de nada porque Derek jamás se acostaría con una empleada.

¿Derek? ¿Jewel había intentado ligar con Derek? Lucy se recuperó rápidamente.

–Sí, claro, en cuanto vi que Derek jamás se acostaría con una empleada, me fui a por Dex.

Las maquinaciones de la vida amorosa de su hermana se le estaban haciendo cada vez más difíciles de comprender, pero, de alguna manera, todo tenía sentido. Jewel siempre se había enamorado de hombres inalcanzables seguramente porque le parecía más divertido. Derek debía de ser un buen desafío. Sin duda, cuanto más se había resistido a ella, más se había interesado su hermana. Al final, se debía de haber dado por vencida y se debía de haber inclinado por Dex.

Y allí estaba la pobre Raina, evidentemente enamorada de su jefe, creyendo que no se le notaba en absoluto, pero Lucy se había dado cuenta perfectamente.

Menos mal que llevaba toda la vida excusando las acciones de su hermana.

–Raina, lo siento –le dijo Lucy poniéndole la mano en el brazo–. No tenía ni idea de que estuvieras enamorada de él.

Raina se apartó sorprendida.

–No estoy enamorada de él.

La vehemencia de su respuesta y el color de grana que se había apoderado de sus mejillas demostraban que sí lo estaba, y Lucy sabía perfectamente cómo se sentía una cuando su hermana le arrebataba a un hombre que realmente le gustaba.

–Si te sirve de consuelo, no se acostó conmigo en ningún momento –señaló–. Es cierto que Derek no se acuesta con sus empleadas.

–¿De verdad? –preguntó Raina algo más relajada.

Lucy decidió que merecía la pena animar a aquella mujer, pues ella también sabía lo que era que los hombres no la admiraran por no ser tan sensual como Jewel. ¿Cuántas veces se había tenido que aguantar mientras su hermana salía con el chico que a ella le gustaba?

Demasiadas.

Sabía que dolía mucho.

Y, de una manera un tanto irónica, era lo que estaba sucediendo de nuevo. Estaba a punto de enamorarse de Dex y la única razón de que él supiera de su existencia era que creía que era Jewel.

Lucy era tan víctima del poder que su hermana tenía sobre los hombres como Raina. Además, le apetecía tener una amiga con la que asistir a la fiesta de aquella noche, así que decidió que merecía la pena volver a intentarlo.

–Supongo que tú también vas a ir a la fiesta, ¿no?

Raina asintió.

–Desde luego, me parece muy mal que Dex te haya mandado a hacer el trabajo sucio cuando tú también tendrás que arreglarte.

Raina se encogió de hombros con resignación.

–Soy la chica de los recados de Derek y, por extensión, a veces también de Dex. Hago todo lo que necesitan.

–Espero que te paguen mucho a cambio.

Aquel comentario hizo que Raina sonriera por fin.

–Sí, menos mal.

Lucy rió al tiempo que se le ocurría una buena idea.

–Mira, ya que Dex va a pagar la factura del spa, ¿por qué no te vienes conmigo?

Tras haberles hecho a las dos la manicura y la pedicura entre notas de música clásica y a la luz de las velas, ambas pasaron por las manos de una estupenda masajista y se tomaron una infusión maravillosa antes de que les tiñeran el pelo.

Cuatro horas después de haber entrado, Lucy salió del balneario urbano convertida en una mariposa bella y descansada y, dos horas después, se encontraba ataviada con su precioso vestido de seda y sentada junto Raina en el asiento trasero de la limusina que Dex había mandado a recogerla.

Raina, que se había ido deshelando a medida que había ido pasando la tarde, la miró con aprecio.

–Ese color de pelo te queda muy bien.

–¿De verdad?

Lo cierto era que la peluquera había elegido muy bien, pues le había puesto un tono castaño muy parecido al suyo natural, se lo había adornado con unos reflejos caobas y se lo había recogido en un moño suelto. Lucy tenía ahora la sensación de que no era una burda imitación de Jewel, sino una versión algo más glamurosa de sí misma.

–Creo que me lo voy a dejar así –sonrió.

–Buena idea –contestó Raina–. ¿Sabes una cosa? No eres como yo creía.

–Eso me dice la gente últimamente.

–¿Ah, sí?

–Supongo que ser madre me ha cambiado.

–Te entiendo perfectamente. Yo soy la mayor de cinco hermanos y sé por experiencia que tener que vértelas con niños pequeños o te vuelve loca o te hace una persona mejor. Normalmente, las dos cosas.

Lucy se dio cuenta de que le fastidiaba profundamente estar mintiéndole a otra persona. Cuando Raina se enterara de la verdad, algo que tarde o temprano iba a suceder, se iba a sentir defraudada.

En aquel momento, la limusina paró ante el edificio en el que estaba Messina Diamonds y Lucy no tuvo que seguir pensando en aquel desagradable tema.

Aunque había vivido la mayor parte de su vida en Dallas, no solía bajar al centro de la ciudad de noche porque, a diferencia de otras ciudades como Chicago o Nueva York, las calles de la capital texana estaban vacías y no tenían mucha vida nocturna.

Sin embargo, en aquella ocasión, había una hilera de limusinas aparcadas ante el edificio en cuestión y de todas ellas bajaban hombres y mujeres muy elegantes.

Antes de bajar de la suya, Lucy se aseguró de agarrar el bolso. Aquella mañana, se había pasado por la joyería para que limpiaran el anillo de Dex y no lo había querido dejar en casa, así que se lo había llevado a la fiesta para devolvérselo.

Para cuando llegaron al piso decimoquinto, sede de la empresa de Dex, Lucy se sentía completamente fuera de lugar a pesar del precioso vestido que llevaba. Nunca había montado en limusina y nunca había ido a una fiesta como aquélla. Lo máximo para ella era ir al cine y comprar palomitas. Se sentía completamente fuera de lugar en aquel ascensor, lleno de gente elegante y risueña. ¿Qué tenía en común con ellos?

—Toma aire —murmuró Raina mientras las puertas del ascensor se abrían—. Te ayudará.

—¿Tanto se me nota?

—Parece que te vayas a desmayar de un momento a otro.

—Supongo que estaría horrible —se lamentó Lucy.

Raina chasqueó la lengua.

—Recuerda una cosa. Ninguno de los aquí presentes es mejor que tú. No olvides que la única mujer a la que ha invitado Dex personalmente a esta fiesta eres tú.

–Yo más bien diría que me ha ordenado que viniera.

–Anda, intenta pasártelo bien.

Mientras hablaba con Raina, Lucy echó un vistazo a las oficinas de la empresa de Dex. Lo cierto es que se las había imaginado más grandes. Era cierto que la empresa ocupaba seis pisos del rascacielos, pero era poco teniendo en cuenta que era un negocio multimillonario.

Claro que también tenían oficinas en Toronto, Nueva York y Amberes. Eso decía en el logo que había en la pared de enfrente. Bajo el Messina Diamonds, se veía un solitario ladeado.

–Yo conozco ese anillo –comentó Lucy.

–El legendario diamante familiar Messina –asintió Raina.

–¿Legendario?

–Sí, es el primer diamante que encontró el padre de Derek –le explicó Raina abriéndole la puerta–. Para cuando la primera mina de diamantes se puso en marcha, su mujer ya había muerto, pero el señor Messina hizo engastar el diamante para ella porque había sido el amor de su vida –añadió dejándose llevar por el romanticismo–. Lo llevó con él hasta el día en el que murió.

–Y aquel día se lo entregó a Dex –murmuró Lucy al comprender la profundidad de la historia.

Así que el anillo que Dex le había entregado a Isabella no era un anillo cualquiera, sino un anillo muy importante para él.

—¿Cómo lo sabes? —le preguntó Raina sorprendida.

—No te preocupes, no es porque me lo haya regalado a mí —contestó intentando que no se le notara la desilusión.

—No te lo he dicho porque me preocupara, sino porque... —contestó Raina sonrojándose.

—¿Temes que vaya a huir con la joya de la corona?

—No es eso, pero me ha sorprendido porque el señor Messina se lo dio a Dex en su lecho de muerte para que su hijo se lo entregara a su vez al amor de su vida.

—Eso explica que se lo haya regalado a Isabella.

—¿Se lo ha regalado a su hija? Qué encanto.

—Desde luego.

Sí, definitivamente Dex quería a su hija. Lucy se dijo que debería estar entusiasmada. Entonces, ¿por qué sentía que la sonrisa que reflejaba su rostro era completamente falsa? ¿Acaso tenía celos? Qué absurdo. ¿Cómo iba a tener celos cuando ella no tenía ninguna necesidad de que Dex se enamorara de ella?

Capítulo Once

–¿Champán?

–¿Qué?

Lucy se quedó mirando a Raina, que había parado a un camarero que pasaba por allí con una bandeja llena de copas de champán.

–Hay una barra si prefieres pedir vino.

–No, el champán está muy bien –contestó Lucy intentando sonar entusiasmada.

La fiesta estaba teniendo lugar en el vestíbulo de la empresa. La barra estaba situada en un extremo y había mesas con aperitivos y canapés a lo largo de las paredes. Sin embargo, los invitados se habían instalado también en las salas de reuniones.

–Si quieres, te enseño la empresa –se ofreció Raina.

–Dentro de un rato –contestó Lucy–. Por cierto, no hace falta que te quedes toda la noche conmigo –añadió dándose cuenta de que mucha gente saludaba a su acompañante–. Voy a leer la historia de la familia de Dex –añadió señalando las letras impresas en color plata que había en las paredes.

Al final, Raina se alejó y Lucy se quedó leyendo la historia de la empresa. Se sentía un poco cotilla, pero se dijo que Isabella heredaría algún día todo aquello y, además, Dex tampoco le había contado mucho sobre su familia.

Sabía que era ridículo porque, a pesar de la noche de pasión que habían compartido, Dex seguía queriéndose quedar con la niña y ella seguía mintiéndole, así que no tenían futuro juntos.

Entonces, ¿por qué le dolía el corazón cada vez que pensaba en que lo iba perder? ¿No habría sido tan loca como para enamorarse de él? No, no era tan ingenua. Dex Messina era un hombre con mucho carisma y ella había sucumbido temporalmente a sus encantos, pero nada más.

Lucy se concentró en el texto que tenía ante sí y en la fotografía en blanco y negro de un hombre de aspecto rudo con sombrero vaquero que tenía el brazo sobre los hombros de una mujer muy guapa de pelo largo. Desde luego, el hombre parecía sacado de una mina de oro, pero ella parecía más una modelo parisina.

Evidentemente, Dex había heredado la altura de su progenitora, pero se veía el parecido con su padre en la curva de sus labios y en la forma de los ojos.

—Tengo una fotografía mejor arriba.

Lucy se giró y se encontró con Dex que, al igual que todos los hombres en aquella fiesta, llevaba esmoquin. Sin embargo, a él le quedaba mucho mejor. Tal vez, por la maravillosa espalda que tenía o por los impresionantes hombros o porque el esmoquin era evidentemente hecho a medida. Seguramente, porque allí estaba en su salsa. Era obvio que Dex no era un tipo normal y corriente y que estaba mucho más a gusto allí que en casa jugando en el suelo con Isabella.

–Estás preciosa.

Por cómo la había mirado, Lucy se sintió muy bien y recordó los momentos íntimos que habían compartido. Al instante, se sonrojó.

–Sí, bueno, es que Raina tiene muy buen gusto –contestó acariciando el vestido.

–No me refería al vestido.

Lucy se sonrojó todavía más y se dio cuenta de que se había quedado sin palabras. «De esmoquin, estás mejor que James Bond», eran las palabras que acudían a su mente.

–¿Quieres que te enseñe la oficina? –le preguntó Dex.

–La verdad es que estaba disfrutando leyendo esto.

–Fue idea del departamento de recursos humanos –contestó Dex haciendo una mueca de disgusto.

–Parece ser que tu padre era todo un personaje.

–Fue el último de su raza.

–No parece que lo digas con mucho orgullo.

–No, la verdad es que no –confesó Dex.

–Pero aquí dice que vivió entregado a tu madre y a su familia y que era un geólogo brillante.

–Eso también fue idea de la gente de recursos humanos –le explicó Dex–. Cuando dice que vivía entregado a su familia quiere decir que nos llevó a todos a Sudamérica cuando éramos niños y, en cuanto a que era un geólogo brillante, yo más diría que era cabezota y obstinado. Estaba convencido de que iba a encontrar diamantes en Canadá y nadie pudo convencerlo de lo contrario.

–Pero tenía razón.

–Sí, al final, así fue.

Dex no elaboró más la contestación y Lucy supuso que había mucho más en aquella historia. Tal vez, resentimiento por haberlo obligado a irse a Sudamérica siendo niño o, tal vez, una relación turbulenta con un padre cabezota y temerario.

–No hablas mucho de tu familia.

–Tú tampoco.

–Tienes razón –contestó Lucy–. Yo me crié con mi padre porque mi madre nos abandonó cuando éramos pequeñas. Tengo una hermana –le explicó sin querer entrar en detalles–. Mi padre era contable.

–Supongo que de ahí te viene el amor por los números –comentó Dex.

–No, no soy corredora de seguros por él –contestó Lucy–. Lo soy por puro pragmatismo. Siempre se me dieron bien las matemáticas y había muchas becas y oportunidades de trabajo en aquel campo. Sobre todo, si eras mujer.

–Me recuerdas a mi madre.

Lucy lo miró sorprendida y vio que Dex también estaba sorprendido, como si no hubiera tenido intención de hacer aquel comentario en voz alta.

–Podría parecer un cumplido, pero creo que no lo has dicho con esa intención –observó.

–Siempre muy práctica, siempre haciendo lo correcto, siempre sacrificándose por los demás.

–No son malas cualidades.

–Sí lo son cuando te alejan de lo que de verdad quieres hacer en la vida.

Lucy se giró hacia la fotografía y la observó atentamente. Randolph Messina sonreía abiertamente a la cámara mientras que su mujer, Sara, tenía la cabeza apoyada en su hombro y estaba a punto de estallar en carcajadas, como si su marido le hubiera contado algo muy divertido justo antes de que les hicieran la fotografía.

Nada en su expresión hacía sospechar que fuera una mujer infeliz.

—¿Y quién dice que no hacía lo que quería?

—Buscar oro y diamantes no es tan glamuroso como parece –le aseguró Dex con amargura–. Los buscadores viajan de un lugar a otro constantemente, viven en puebluchos de mala muerte en mitad de la nada en los que ni siquiera hay hoteles ni tiendas y en los que a veces tampoco hay agua corriente. Es un trabajo muy duro y la vida que conlleva es horrible. Nadie se merece vivir así.

—¿Me estás hablando de por qué crees que tu madre fue infeliz o de por qué tú fuiste infeliz?

Dex la miró con frialdad.

—Comprendo.

—¿Qué es lo que comprendes?

—Lo orgulloso que te sientes de esos años en los que hiciste lo que te dio la gana, los años en los que viviste como un rebelde.

—No estoy orgulloso de... –dijo Dex apretando los dientes.

—Claro que no estás orgulloso porque, en realidad, no eres ningún rebelde. Los medios de comunicación te retratan como si fueras el renegado de la familia Messina, pero no es así. No te dedicaste a viajar por el mundo en lugar de aceptar un puesto en Messina

Diamonds porque fueras un rebelde de verdad, sino porque querías fastidiar a tu padre y a tu hermano. Además, era la primera vez en la vida que tenías control sobre lo que hacías. Después de varios años en los que te obligaron a ir de un lugar para otro, probablemente querías echar raíces en algún lugar, pero, en aquel momento, la empresa familiar estaba empezando a despegar y tu padre te necesitaba. Entonces, te viste atrapado entre lo que de verdad querías hacer y el disgusto de decepcionar a tu padre. Al final, decidiste que él te había decepcionado durante muchos años, así que te convertiste en el rebelde solitario, te dedicaste a viajar por el mundo distanciándote de todos y solamente lo hiciste para protegerte —le explicó Lucy muy convencida.

Sin embargo, Dex ni se inmutó.

—¿Quieres que te enseñe el resto de la oficina? —le ofreció agarrándola la cintura.

Lucy se dio cuenta de que lo había ofendido.

—Perdón —se disculpó una vez a solas con él—. No me había dado cuenta de que no querías hablar de los recuerdos de tu infancia y...

—No me psicoanalices.

—No es mi intención hacerlo —le aseguró Lucy—. Tampoco hace falta porque es evidente que sientes resentimiento contra tus padres por los errores que cometieron.

—Un error se hace por accidente, pero, cuando sacas a tus hijos del colegio y te los llevas a la otra punta del mundo, no lo haces por error, sino habiendo tomado una decisión.

–Muy bien, así que tus padres cometieron el error de tomar decisiones poco adecuadas –concedió Lucy–. Algún día, a ti te sucederá lo mismo. A todos los padres les sucede.

–No –contestó Dex con firmeza–. Los padres deben hacer lo que es bueno para sus hijos y no lo que ellos quieren hacer. Lo primero son las necesidades de los niños –añadió dando por cerrado aquel tema de conversación–. Estos despachos de aquí son los de los investigadores...

Y así fue cómo Lucy se encontró haciendo el tour completo de las oficinas de Messina Diamonds y pensando en que no era ella la única que tenía traumas infantiles. En los últimos años, su padre y ella habían conseguido tener una relación bastante civilizada y con Jewel cada día se llevaba mejor. Además, ahora tenía a Isabella y la esperanza de tener la familia con la que siempre había soñado.

¿Pero Dex? Por lo visto, estaba distanciado de todos los miembros de su familia. Desde luego, si tenía buenos recuerdos de su infancia, no los estaba compartiendo con ella, lo que, por otra parte, no la sorprendía.

Al fin y al cabo, ¿qué relación había entre ellos? Vivían en la misma casa y se habían acostado una vez. Bueno, dos, según creía Dex. Sí, tenían a Isabella en común, pero nada más.

Había llegado el momento de enfrentarse a la realidad. Aunque Dex estuviera dispuesto a dejar entrar a la niña en su corazón, para ella no había sitio.

Capítulo Doce

Lucy apenas prestó atención a los seis pisos que ocupaban las oficinas de Messina Diamonds porque era una oficina más, llena de despachos, cubículos y miles de mapas geológicos enrollados y guardados, sobre mesas, en las paredes.

Dex le explicó que la investigación y el desarrollo del negocio se llevaba a cabo fuera de aquellas oficinas, le habló del proceso que conllevaba encontrar diamantes, le dijo dónde creía que iban a encontrarlos próximamente, le habló de cuánto creía que aguantarían las minas en producción y lo hizo todo con mucha eficiencia, tanta eficiencia que Lucy comenzó a impacientarse.

Bla, bla, bla y más bla, bla, bla, pero nada realmente interesante.

Esa información la mantenía guardada bajo llave.

Lucy dedujo que la infancia que Dex recordaba como feliz había transcurrido en Dallas. Tal vez, por eso, las oficinas de Messina Diamonds estaban allí.

Lucy tenía muchas preguntas en la cabeza, pero Dex no le estaba dando oportunidad de hacérselas, pues el tour estaba siendo estilo militar, rápido, preciso y frío.

Y justo cuando Lucy estaba empezando realmente

a perder la paciencia, la llevó a un despacho situado en un extremo un poco más alejado. Desde allí, había unas maravillosas vistas de la ciudad. Era aquella la primera estancia acogedora y cálida que visitaban. Tenía dos paredes de cristal y otras dos de madera y en cada una de ellas colgaba una foto de su familia enmarcada. El despacho estaba dominado por una imponente mesa de caoba, prácticamente cubierta de papeles y documentos.

El ambiente que se respiraba en aquel despacho era de elegancia e intimidad, y a Lucy le gustó poder echar un vistazo al lugar en el que Dex pasaba tantas horas al día.

—Así que éste es tu despacho —murmuró.

—No, es el despacho de mi hermano Derek —contestó Dex.

—Ah —suspiró Lucy decepcionada.

—Siéntate.

Lucy volvió a preguntarse qué demonios hacía allí, por qué había acudido a aquella fiesta en la que se sentía completamente fuera de lugar. Además, no sabía si el objetivo del tour que le acababa de dar Dex era impresionarla o intimidarla.

—Si éste no es tu despacho, ¿qué hacemos aquí?

—Hemos venido por esto —contestó Dex girándose hacia una de las fotografías familiares.

Antes de que a Lucy le diera tiempo de echarle un vistazo, Dex apartó la fotografía y dejó al descubierto una caja fuerte.

—Qué emocionante —comentó Lucy sentándose en una butaca de cuero.

¿Por qué no le contaba nada, lo que fuera, de su pasado? ¿Y por qué estaba ella tan ansiosa por saber? Evidentemente, porque, en cuanto Dex confiara en ella, una vez que se hubiera abierto y le hubiera contado su verdad, a Lucy le resultaría más fácil hacer lo mismo porque, tarde o temprano, iba a tener que contarle todo sobre su farsa y ojalá no fuera demasiado tarde para pedirle perdón.

Dex no debía de haber percibido el sarcasmo de su contestación, pero, en cualquier caso, no comentó nada, se limitó a marcar un código de seguridad y la puerta de la cámara acorazada se abrió. De su interior, sacó un rollo de terciopelo negro que parecía de la misma joyería en la que había estado Lucy aquella misma mañana.

Al instante, y sin saber por qué, comenzó a ponerse nerviosa.

—Derek lleva años trabajando por la integración vertical —comentó Dex.

—Muy bien —contestó Lucy sin entender qué diablos tenía que ver aquello con ellos.

—Las minas de diamantes dan muchos beneficios, pero lleva años trabajando para abrir una filial de Messina Diamonds en Amberes para que allí se haga el corte, el pulido y la venta al por mayor de las piedras.

Lucy se relajó ante aquella conversación de negocios, fría y distante. Evidentemente, para Dex, los diamantes no era joyas sino negocios.

Dex se acercó a la mesa que Lucy tenía ante sí, hizo un hueco entre los papeles y desenrolló el terciopelo. Sobre la tela quedaron expuestos una docena de diamantes. Lucy se quedó boquiabierta ante la increíble la belleza de las piedras.

—¿Estos diamantes son de vuestras minas? —preguntó sin estar muy segura de cuál debía ser su reacción.

—Sí, ha sido el primer juego en salir de la nueva casa de corte de Messina. Los acabo de traer de Bélgica.

—Comprendo —contestó Lucy aunque sus mundos no tenían absolutamente nada que ver.

—He inspeccionado personalmente cada una de las piedras. No hay diamantes más puros en el mundo y uno de ellos podría ser tuyo.

Lucy sintió que el pánico se apoderaba de ella.

—Imposible. Aunque vendiera mi fondo de inversión que tengo para la jubilación y te diera todos mis ahorros, no tendría suficiente dinero.

—No me refería a eso.

—Eso me temía.

—Te estoy pidiendo que...

—Dex, por favor...

—... seas mi esposa. Lo único que tienes que hacer es elegir el diamante que quieres para tu anillo.

Lucy sintió que el miedo que sentía en el estómago se solidificaba y se convertía en algo duro y feo, algo parecido a la ira y a la envidia, pero ¿de quién iba a sentir envidia cuando Dex le acababa de pedir a ella que se casara con él? ¿Por qué tenía la sensación de que no era realmente con ella con la que quería estar?

La ira era más fácil de entender. Lucy llevaba toda su vida esperando, soñando, con aquel momento, con el momento en el que un hombre que realmente le gustara le pidiera que se casara con él, y Dex acababa de estropear el momento arrebatándole todo el romanticismo y la calidez.

—No, Dex, esto no está bien —contestó Lucy poniéndose en pie.

—Piénsalo, Lucy. Puedo darte todo lo que quieras.

—¿Acaso sabes tú lo que yo quiero? —lo acusó Lucy levantando la voz.

—Sí, te conozco y sé lo que quieres —contestó Dex bajando su tono de voz hasta convertirlo en el ronroneo de un gato.

—Eso es lo que tú te crees, pero, en realidad, no tienes ni idea de lo que yo quiero —le espetó Lucy con desprecio.

—Quieres a Izzie, quieres una familia, quieres hacer lo mejor para la niña.

Lucy sintió que el pecho se le constreñía como si Dex la hubiera golpeado en el plexo solar, lo que la hizo tener que tomar aire varias veces antes de poder hablar de nuevo.

Qué locura. Por unos instantes se había sentido tentada a aceptar, pero era imposible. Su parte práctica se apresuró a decirle que no podía casarse con él. Para empezar, porque Dex no sabía quién era en realidad. Las mentiras que le había contado se interponían entre ellos como un enorme obstáculo.

Sin embargo, su parte romántica protestó y le dijo que lo que se interponía entre ellos no eran las mentiras, sino el hecho de que Dex no la quería. Ni siquiera un poquito.

Se había pasado toda la vida haciéndole caso a su

parte práctica, pero en aquellos momentos, todas las células de su cuerpo estaban protestando.

–Tienes razón. Es cierto que quiero una familia, quiero ser la madre de Isabella y de los hermanos o hermanas que tengan que llegar, pero lo que tú me estás proponiendo no es formar una familia, sino un matrimonio de conveniencia.

–Lo que yo te propongo es hacer lo que es mejor para Izzie –insistió Dex rodeando la mesa y acercándose a ella–. Piénsatelo. Izzie necesita un padre y una madre. Sería mucho más fácil para ella si ambos vivieran en la misma casa.

–¿Más fácil para quién? ¿Para Isabella? No, sería más fácil para ti. Tú te habrías quedado con la conciencia tranquila por haber hecho lo correcto por tu hija y yo me encargaría de hacer todo. Sí, desde luego, sería mucho más fácil para ti.

–Sería más fácil para los dos. Tú podrías dejar de trabajar si quisieras y podrías quedarte con la niña todo el tiempo. Podríamos quedarnos con ella los dos –le explicó Dex apartándole un mechón de pelo de la cara–. Además, sabemos que somos compatibles.

Durante un breve instante, Lucy se sintió esperanzada. Quizás, después de todo lo que habían pasado, después de la tormenta emocional de la última semana y media, después de haber hecho el amor, quizás, Dex estuviera empezando a desarrollar algún tipo de ternura hacia ella.

Quizás.

Sin embargo, pronto vio el deseo, el brillo lujurioso, en su mirada y se resignó. Dex no se refería a que fueran emocionalmente compatibles, sino a que eran compatibles en la cama y era cierto.

La relación sexual había sido increíble, pero un matrimonio de verdad, el matrimonio que ella quería, no podía basarse en sexo y mentiras.

Como si se diera cuenta de que la estaba perdiendo, Dex la tomó de las manos.

—Sé que tu mayor preocupación es Izzie, pero seguro que hay otras cosas que quieres en la vida. Tengo mucho dinero y puedo darte todo lo que quieras. Viajes, coches, ropa, joyas. Pide lo que quieras.

—Ahora comprendo —contestó Lucy apartándose de él—. Lo tenías todo planeado, ¿verdad? Desde el momento en el que Raina ha aparecido en casa con el vestido, el día en el spa urbano, llegar a esta glamurosa fiesta en limusina. Has creado el ambiente perfecto de Cenicienta para pedirme que me casara contigo.

Qué hombre tan estúpido.

Dex no contestó, pero sonrió muy ufano.

Lucy se rió. pues aquella situación era completamente absurda.

—¿Sabes lo que os pasa a los hombres? No entendéis realmente el cuento de la Cenicienta. No entendéis que a las mujeres no nos gusta la Cenicienta porque vaya vestida con un vestido maravilloso y vaya al baile, nos encanta porque, cuando el príncipe se entera de que es una doncella pobre, sigue queriéndola.

Dex frunció el ceño. Evidentemente, no la entendía, así que Lucy decidió ponérselo fácil.

—Quieres que tenga claro que puedo tener todo

lo que quiera, ¿verdad? Lo único que tengo que hacer es elegir un diamante, cualquiera que hay en esta habitación, ¿no?

–Efectivamente –contestó Dex recuperando la confianza.

–Cualquier diamante excepto éste –comentó Lucy metiendo la mano en el bolso y sacando la cajita del joyero.

Cuando lo abrió, Dex la miró muy serio y apretó los labios, pero no dijo nada.

–No puedo elegir este diamante porque este diamante es el que realmente significa algo para ti –remató Lucy con amargura–. No soy idiota, Dex. Sé sumar dos más dos. Sé que este anillo es el del logo de tu empresa y Raina me ha contado la historia. Sé que es el primer diamante que encontró tu padre, sé que es el anillo que tu padre hizo engastar para tu madre a pesar de que ella ya había muerto.

Dex no negó absolutamente nada, pero tampoco la miró a los ojos, se giró, se quedó mirando la ciudad a través del ventanal y se metió las manos en los bolsillos de los pantalones.

Aunque su espalda era una barrera impenetrable, Lucy siguió hablando porque sabía que era importante. No solamente para ella, sino también para Isabella y para el propio Dex.

–Has hecho todo lo que has podido para mantener a tu familia apartada de ti, pero este anillo significa mucho para ti. Por eso, se lo diste a Isabella el otro día, lo hiciste porque estás empezando a abrirte a tu hija.

Dicho aquello, Lucy esperó por si Dex decía algo.

Nada. Su silencio, su negativa a girarse hacia ella era tan infranqueable como las mentiras de Lucy.

Era cierto que Lucy no podía casarse con él a causa de las mentiras, pero ahora aquello se le antojaba el menor de sus problemas. En realidad, no podía casarse con él porque no la quería.

El verdadero motivo por el que le estaba pidiendo que fuera su esposa era porque quería tener a la perfecta niñera para toda la vida.

—¿Sabes lo que ocurriría si aceptara casarme contigo? —murmuró—. Las cosas volverían a ser como durante la primera semana que Isabella y yo vivimos en tu casa. Yo la cuidaría, la querría con toda mi alma y con todo mi corazón y tú pasarías por casa una o dos veces a la semana para verla. Sí, serías su padre biológico y le darías todo lo que el dinero pudiera comprar, pero nada más. Por eso no me puedo casar contigo. Bueno, en realidad, hay otras muchas razones por las que no me puedo casar contigo —se rió Lucy nerviosa—, pero la verdadera razón es que no me lo pides por el motivo correcto. Si me casara contigo, yo cuidaría de Isabella, yo me haría cargo de sus necesidades físicas y emocionales y tú tendrías la excusa perfecta para distanciarte de ella para siempre. Tendrías una hija y una familia, pero no tendrías que ocuparte de ninguna de las dos cosas. Casarte conmigo te permitiría mantener a tu hija a una distancia segura, exactamente igual que has hecho con el resto de las personas que han pasado por tu vida —concluyó Lucy esperando por si Dex decía algo—. No voy a permitir que le hagas eso y no voy a permitir que te lo hagas a ti mismo —concluyó.

Capítulo Trece

Dex no se giró cuando Lucy se fue. ¿Para qué? Se marchaba y se iba a llevar a Izzie con ella. No era para menos.

En cuanto había comenzado a hablar de la Cenicienta, se había sabido perdido. Había cometido un error fatal, había apelado a su lado práctico sin darse cuenta de que, bajo todo aquel pragmatismo, se escondía un corazón romántico.

Lucy era una mujer que lo quería todo, el paquete completo. Raina, otra romántica empedernida, le había contado la maldita historia del anillo que había escrita en el vestíbulo y Lucy se había enamorado de la historia.

Él pasaba junto a las letras plateadas sin apenas mirarlas. Había leído lo que habían escrito exactamente una vez y, cuando lo había hecho, había sentido un nudo en el estómago y se había dicho que no era más que una historia revisionista cocinada por el departamento de recursos humanos y una decoradora.

Una cosa era que aquella historia vendiera bien ante los medios de comunicación y otra muy diferente que su infancia no hubiera sido un infierno. Su padre había encontrado diamantes, sí, pero eso no le expiaba de sus pecados, a saber, haber arrastrado a su familia por tres continentes, no haber permitido ni a su mujer ni a sus hijos tener un hogar de verdad o no haber pasado junto a su esposa sus últimos años de vida por haber estado obsesionado buscando yacimientos de diamantes en Canadá.

Sí, sin duda, haber engastado para ella el primer diamante que había encontrado a pesar de que hacía años que había muerto había sido un gesto romántico, pero no era suficiente porque lo cierto era que no la había amado lo suficiente como para echar raíces en un lugar mientras había estado viva.

La única vez en la que había leído la historia de Messina Diamonds, le había parecido que habían dado un toque de romanticismo a la vida de su padre que no se correspondía en absoluto con la infancia insoportable que él había sufrido.

Por supuesto, no había sido aquello lo que Lucy había visto, ella había visto exactamente lo que el departamento de recursos humanos había querido que todo el mundo viera. Amor, devoción y tragedia. La receta de siempre para una buena novela de amor.

Y Lucy se lo había tragado. La prueba definitiva de que no era tan pragmática como le quería hacer creer. Claro que su ridícula teoría sobre su comportamiento también ponía de manifiesto lo romántica que era. Por lo visto, había elegido verlo como a un alma herida y torturada por su pasado.

Aquella teoría era como para estallar en carcajadas.

Dex decidió utilizar su sentimentalismo para conseguir que se casara con él. ¿Lucy quería romanticismo? Él se lo daría, estaba dispuesto a cortejarla y seducirla con el romanticismo más refinado del mundo.

Dex no era hombre de cometer el mismo error dos veces.

Por un instante, tuvo dudas sobre el verdadero motivo que lo llevaba a hacer todo aquello, pero se apresuró a decirse que Isabella necesitaba a su madre y, ya que él no estaba dispuesto a perder a su hija, la única solución lógica era casarse con Lucy.

Llevaba muchos años sintiendo rencor por sus padres por la manera que habían elegido criarlo y ahora se sentía muy orgulloso de saber que no iba cometer los mismos errores que ellos, pues él estaba dispuesto a dar prioridad a las necesidades y a los deseos de Isabella, tal y como ponía de manifiesto el hecho de que casarse con Lucy no era una decisión que hubiera tomado por que la quisiera, sino por pura lógica.

La próxima vez, no se lo pediría hasta no estar seguro de su contestación. Tarde o temprano, lo conseguiría.

Si había algo de verdad en el melodrama que los de recursos humanos se habían empeñado en grabar en el vestíbulo, era que los hombres de la familia Messina siempre se salían con la suya.

–No me mires así.

Lucy apenas podía mirar a Isabella a los ojos mientras sacaba su maleta de debajo de la cama. La niña, tumbada en el centro de la colcha, la miraba acusadora.

–No huyo –se defendió Lucy–. Es una retirada estratégica.

Sí, era una retirada estratégica, tal y como demostraba que hubiera dejado pasar diecinueve horas entre la propuesta de Dex y la retirada en sí misma.

–Te dejo con él, pero es sólo de manera temporal –añadió abriendo la cremallera de la maleta.

Lucy sabía que era mentira. No iba a ser temporal porque lo más probable era que jamás consiguiera la custodia de Isabella. Si tenía mucha suerte y Dex la perdonaba, podría conseguir derechos de visita, pero nada más.

Lucy comenzó a meter su ropa en la maleta. Mientras lo hacía, se dijo que parecía imposible que hubieran pasado menos de quince días desde que había llegado a casa de Dex. ¿Cómo era posible que hubieran cambiado tanto las cosas? ¿Cómo era posible que hubiera pasado de no confiar en él a quererlo?

Lucy se quedó mirando su reflejo en el espejo. Estaba pálida, con los ojos apagados y los labios caídos hacia abajo. Se apresuró a decirse que era porque no había pasado buena noche y porque la noche anterior tal vez hubiera bebido demasiado.

¿A quién estaba intentando engañar? ¿Se había acostumbrado a mentir a los demás y ahora iba a empezar a mentirse a sí misma?

Su estado no se debía a no haber dormido bien ni a haber bebido demasiado, pues sólo había tomado una copa de champán en toda la noche.

Lo que le pasaba era que estaba triste, estaba realmente triste, sentía que se le había roto el corazón

114

porque había cometido la estupidez de su vida y se había enamorado de Dex Messina.

Qué idiota.

Se había enamorado de él en un abrir y cerrar de ojos y temía que su corazón fuera a ser de Dex para siempre, pero no era aquélla la verdadera razón por la que se iba.

—Te voy a explicar el plan, Isabella —le dijo a la niña arrodillándose ante la cama y mirándola a los ojos—. Le voy a contar la verdad. Tiene derecho a saberlo, tiene derecho a tener la oportunidad de ser un padre de verdad —le explicó tomando aire—. Voy a ir a buscar a tu madre y voy a solucionar todo este lío. Mientras tanto, me pondré en contacto con mi abogado para ver si puedo conseguir derechos de visita.

Aunque tendría que hacer la maleta, no pudo resistirse a agarrar a Isabella, sentarse con las piernas cruzadas en la cama y ponerla en su regazo, de frente a ella.

—No te preocupes. Seguro que me los da. Es un hombre cabezota, pero también es justo. Aunque seguro que se le pasa por la cabeza no dejar que te vea para castigarme, terminará cediendo por tu bien. Ya sé que en otra ocasión te dije que no deberías permitir que tu padre se acercara demasiado a ti, pero me equivoqué. Lo que los dos necesitáis es, precisamente, estar muy unidos. A lo mejor, te cuesta un poco conseguirlo porque él se va a resistir, pero seguro que ganas tú. Juegas con ventaja —sonrió Lucy sabiendo que la niña la entendía—. Eres preciosa e inocente. Conseguirás que se abra. Ya lo estás consiguiendo, ya estás haciendo magia con él. Lo conseguiste conmigo y lo vas a conseguir con él –sonrió.

Sí, era cierto, ella que no había necesitado nunca a nadie, ahora se encontraba con el corazón abierto y vulnerable a causa de aquel bebé de enormes ojos azules y sonrosada boca de piñón.

Y ahora le estaba haciendo lo mismo a Dex. Aunque él no lo supiera, no tenía ninguna posibilidad de no caer rendido.

Lucy se preguntó cómo iba a sobrevivir sin Isabella. El único consuelo que halló fue pensar que Dex estaría allí para ocuparse de ella.

–Vas a estar muy bien con él. De verdad. Aunque todavía no se haya dado cuenta, ya te quiere y va a ser un padre maravilloso –le aseguró a Isabella apretándola contra su pecho.

Lucy cerró los ojos y no pudo evitar que se le escaparan las lágrimas. Dex e Isabella iban a estar muy bien, pero ella no.

Para cuando Dex hubo encontrado lo que estaba buscando y hubo vuelto a casa, Lucy tenía las maletas hechas y lo estaba esperando junto a la puerta, con Isabella dormida en los brazos.

–No pienso permitir que te la lleves.

–Si me la hubiera querido llevar, no estaríamos aquí esperándote –contestó Lucy–. Tenemos que hablar –añadió señalando a la mujer que había detrás de ella–. Te presento a la señora Hill –le dijo–. Se ha quedado al cuidado de Isabella muchas veces, es de toda confianza y la niña la conoce. Me voy sin habértelo advertido con tiempo, así que la señora Hill ha accedido a quedarse a dormir esta noche. No trabaja los fines de semana, pero es una niñera con mucha experiencia. Se quedará con Isabella hasta las siete de la tarde todos los días. Seguramente, terminarás contratando a la niñera que tú quieras, pero, hasta entonces...

Dex comprendió de repente. Lucy se iba. Si se llevaba a Isabella con ella, él tenía la excusa perfecta para buscarla, pero aquello era muy diferente. Si se iba sola, no tenía excusa para correr tras ella.

–No quiero contratar a ninguna niñera. Lo que quiero es que te quedes tú.

Lucy lo miró exasperada.

–Yo no me puedo quedar para siempre y lo sabes, así que, al final, vas a tener que contratar a una niñera.

–Pero...

–Tenemos que hablar –lo interrumpió Lucy.

Dex decidió que aquélla era la oportunidad perfecta que había estado esperando. Lucy quería romance y él se lo iba a dar.

–En ese caso, te propongo que vayamos a la casita de invitados, donde podremos hablar a solas.

Lucy dejó a Isabella con la señora Hill haciendo un gran esfuerzo y lo siguió a través del salón y de la cocina, salió al patio y llegó siguiendo Dex a la casita de invitados.

Aquella casita era mucho más cómoda que la casa principal. Una vez dentro, Lucy escaneó con avidez todo lo que veía.

—Me moría de ganas por ver algo de tu verdadera personalidad –murmuró.

—Es sólo un salón, no refleja mi verdadera personalidad –contestó Dex un tanto irritado.

—No, es más que eso. Es el lugar en el que vives. Es como tú. Austero, cómodo, pero sin excesos –insistió Lucy–. Supe desde el principio que la casa principal no era como tú porque es demasiado…

—… ostentosa –concluyó Dex.

Lucy sonrió.

—Sí, es demasiado ostentosa y te resulta difícil estar cómodo en un ambiente así.

Era cierto, pero a Dex lo molestaba que Lucy lo conociera tan bien.

—Bueno, me parece que has dicho que querías que habláramos –comentó.

Al instante, percibió que Lucy se tensaba y se arrepintió de haber cambiado de tema.

—Sí –contestó Lucy alejándose de él y avanzando hacia el otro extremo de la estancia.

Dex se quedó observándola mientras dejaba su bolso sobre el sofá. A continuación, lo volvió a levantar y lo volvió a dejar. Cuando se giró hacia él, lo hizo con la palma de la mano sobre la tripa, como si estuviera muy nerviosa.

—Lo cierto es que… –comenzó Lucy tomando aire y volviendo a intentarlo–. Lo cierto es que no soy quien tú crees que soy.

—Ya lo sé.

Capítulo Catorce

—¿Lo sabes? —se extrañó Lucy.

Dex se acercó a ella y la tomó de las manos.

—No has podido ocultarlo —le dijo—. Bueno, al principio me engañaste con tu pragmatismo y tu realismo exacerbante, pero tú no eres así en realidad —añadió confundiéndola.

—No te entiendo —contestó Lucy con el ceño fruncido.

Dex le acarició la mejilla. Lucy tenía los labios separados y húmedos, pues se había pasado la lengua varias veces a causa del nerviosismo. Durante unos instantes, el papel que estaba interpretando Dex se evaporó. Su idea de seducirla pasó a un segundo plano y una emoción que no supo identificar ni comprender se apoderó de él.

—Quisiste engañarme haciéndote la dura, pero tú no eres así. Eres una romántica empedernida. Al principio, no me di cuenta, pero ahora lo sé.

Lucy se apartó de él y se giró.

—Todo esto no es sobre si yo soy romántica o no.

—Claro que sí. Anoche, cuando te pedí que te casaras conmigo, no sabía que quisieras un gesto grandioso.

Lucy puso los ojos en blanco.

–Mira, te aseguro que poner ante mí diamantes de varios millones de dólares fue un gesto grandioso. Si hubiera podido decir de que sí, lo habría hecho.

–Está bien. Los diamantes fueron un gesto grandioso, pero también impersonal y tú querías algo más –insistió Dex metiéndose de nuevo en el papel.

Así, cuando le entregó el paquete envuelto que había recogido aquella misma tarde del departamento de embalaje, le pareció que lo hacía de manera casi natural.

–¿Qué es esto? –preguntó Lucy mirando el regalo.

–Querías que te diera algo personal, ¿no? Pues ábrelo.

–Dex...

–Todo esto no me resulta fácil, así que ábrelo, por favor –la interrumpió Dex.

Lucy frunció el ceño, rasgó el papel y bajo él apareció un ejemplar de *Las aventuras de Tom Sawyer*, de Mark Twain. No se trataba de una copia elegantemente encuadernada en cuero ni nada por el estilo, sino de una edición barata, de bolsillo, que tenía la cubierta arrugada y las páginas amarillentas y dobladas.

–No entiendo –comentó Lucy.

–Estaba en séptimo curso cuando a mi madre le diagnosticaron el cáncer. Fue el único año que estuvimos en el colegio el curso completo. Mi profesora de Literatura leyó este libro en voz alta durante sus clases.

Lucy comprendió entonces lo que aquel libro significaba para Dex. Se imaginó a un adolescente a la defensiva, sentado en clase de Literatura, enfadado con el mundo, con su madre por estar enferma y con su padre por no hacer nada, vio a aquel adolescente cada vez más entregado a las historias de Tom Sawyer, dejándose llevar por las aventuras de aquel huérfano que no necesitaba padres ni adultos. Lucy comprendió que el protagonista de aquella novela hubiera encandilado a Dex.

Mientras observaba las tapas desvencijadas, sintió que las últimas reservas y defensas que hubiera podido tener contra aquel hombre caían, dejándola completamente vulnerable ante él.

—No sé qué decir —comentó con lágrimas en los ojos.

—Di que te vas a casar conmigo.

—Yo...

—Querías un gesto romántico —sonrió Dex—. Personalmente, a mí los diamantes me parecían mucho más románticos, pero...

Lucy sabía que Dex estaba esperando que aceptara. Se había tomado la molestia de buscar en su vida hasta encontrar algo lo suficientemente personal como para regalárselo, algo que a ella le pareciera suficientemente romántico. Aun así, no podía aceptar su propuesta porque Dex no sabía quién era en realidad y la iba a odiar cuando se enterara.

Sin embargo, se dio cuenta de que tampoco podía decirle que no, pues aquella palabra se había desvanecido de su vocabulario de repente. Al ver que no podía decirle que sí ni que tampoco tenía corazón para decirle que no, no hizo ninguna de las dos cosas.

Lo que hizo fue besarlo.

Por supuesto, había mil razones por las que besarlo era tan estúpido como decirle que sí, pero no había nada que le apeteciera más en el mundo que apretarse contra su cuerpo y disfrutar de aquel beso en el que esperaba ser capaz de transmitirle todos los motivos por los que no podía acceder a casarse con él, todas sus dudas y sus remordimientos.

Seguramente, no iba a tener otra oportunidad de volver a besarlo, así que tenía que aprovechar. Lucy sintió el cuerpo de Dex bajo las palmas de sus manos, sus músculos firmes, su boca.

Dex aceptó su beso sin cuestionarse nada. Tal vez, creyera que era la respuesta afirmativa que estaba esperando. Cuando sus manos buscaron la camiseta de Lucy y la despojaron de ella, Lucy no se lo impidió, sino que disfrutó de la sensación de sentir sus dedos sobre la piel.

Al instante, el deseo se apoderó de ella y tuvo la sensación de que la sangre corría más aprisa por sus venas, de que sus pezones se endurecían y de que su entrepierna se humedecía. Se excitó todavía más, pues sabía lo que llegaba a continuación, sabía el poderío de Dex como amante, sabía que sus caricias la harían sentir, la harían temblar, sabía que penetraría en su cuerpo con fuerza.

Ahogó un gemido de placer cuando sus dedos encontraron uno de sus pechos, que era lo que ella estaba deseando. No se lo pensó dos veces cuando Dex deslizó una rodilla entre sus piernas, agradeció la presión que ejerció sobre su hueso púbico y se encontró apretándose contra él, muriéndose de ganas de que la acariciara, de que la desnudara, de que le quitara los vaqueros y le bajara las braguitas, de que encontrara su carne húmeda, de que inspeccionara su cuerpo con los dedos, con la boca y, por supuesto, con aquella gloriosa erección que sentía en aquellos momentos en la tripa.

–Quiero... –le dijo buscando las palabras para expresar todo lo que quería.

Dex la miró con los ojos tomados por el deseo y sonrió divertido mientras jugueteaba con su pezón.

–¿Qué es lo que quieres?

–Más –gimió Lucy–. Te quiero a ti, quiero disfrutar de todo tu ser.

Y era cierto, jamás había hablado con tanta sinceridad. No era solamente el cuerpo de Dex lo que quería, también quería su corazón, quería que Dex se entregara a ella sin reservas, quería sentirse completamente unida a él porque, cuando a la mañana siguiente le contara la verdad, jamás volverían a estar juntos.

Pero ahora no quería pensar en eso, el presente era de los dos, el presente era placer, el presente era poner el corazón en cada caricia que le hacía a Dex con la esperanza de que, algún día, entendiera que lo había amado a pesar de haberle mentido.

Lucy permitió que Dex la llevara hacia su dormitorio, pero en ningún momento se separó de él. Eran una pareja que parecía estar bailando mientras atravesaba el salón y que se iba quitando con cada beso y en cada paso una prenda... la corbata, la camisa, un botón, un zapato...

Para cuando sintió el colchón en la espalda, a Lucy sólo le quedaban los vaqueros. Dex se había quitado la corbata y tenía la camisa blanca desabrochada. Estaba increíblemente sexy, así, medio desnudo, con los músculos pectorales al aire. Lucy deslizó las mangas de la camisa por los brazos de Dex hasta las muñecas. Dex quedó atrapado así, sin movimiento. Lucy sonrió encantada. Lo tenía completamente a su disposición.

Lo primero que hizo fue quitarse los vaqueros sin ninguna vergüenza, creciéndose ante la sonrisa apreciativa que se dibujó en los labios de Dex ante aquel gesto. Por cómo la estaba mirando, era evidente que Dex no la estaba comparando con ninguna otra de las mujeres que habían ocupado su cama.

En aquellos momentos, el resto del mundo no existía. Lo único que existía era aquel instante en el que Lucy se colocó sobre él a horcajadas, lo miró a los ojos y le acarició el pecho, aprovechando que lo tenía maniatado para volverlo loco por sus caricias.

–Veo que te lo estás pasando muy bien –murmuró Dex.

–Espero que tú también –sonrió Lucy mientras le lamía un pezón.

–Sí, yo también –sonrió Dex poniéndose serio de repente–. No olvides que yo también tengo recursos.

Dicho aquello, aunque estaba prácticamente maniatado, la agarró de las corvas y la impulsó hacia arriba, hasta que sus bocas quedaron a la misma altura y pudo apoderarse de sus labios con pasión.

–Suéltame los brazos –le ordenó.

–No.

Entonces, volvió a empujarla hasta que fueron sus pechos los que quedaron al alcance de su boca. A continuación, lamió uno de ellos y, luego, el otro con la misma exquisita atención.

Dex tenía las manos en la parte de atrás de los muslos de Lucy, y Lucy no sabía qué la estaba excitando más, si sentir la lengua en sus pezones o no saber qué margen de movimiento tenía Dex en realidad.

¿Llegaría hasta sus braguitas? ¿Podría meter los dedos dentro?

–Suéltame los brazos –insistió Dex.

–Oblígame –jadeó Lucy.

Dex deslizó sus manos lentamente desde la parte de atrás de los muslos de Lucy hasta la de delante. Primero un pulgar y luego el otro se deslizaron bajo el elástico de sus braguitas. Los pulgares encontraron la entrada húmeda de su cuerpo, se dedicaron a acariciar su abertura en movimientos ovales y a subir hasta casi su clítoris para volver a bajar.

Con cada movimiento, Lucy sentía que la tensión de su cuerpo iba en aumento. Ya casi había llegado al orgasmo. Casi. Cuando, por fin, sintió la yema del dedo pulgar de Dex sobre su clítoris, todo su cuerpo se vio sacudido por un espasmo de placer y Lucy arqueó la espalda.

Dex la empujó de los muslos una vez más y, en aquella ocasión, Lucy se encontró sentada directamente sobre su boca. Una vez allí, Dex apartó con los dedos la única barrera que separaba sus cuerpos y comenzó a lamerle la entrepierna. Lucy sentía su lengua y sus dedos y, mientras Dex la acariciaba de manera tan íntima, sintió que las inhibiciones se evaporaban por completo.

De repente, el placer era incontrolable, Lucy se apretaba contra sus dedos, gemía de placer y suplicaba más, sintiendo que todos los músculos de su cuerpo se tensaban y que una oleada de placer recorría todo su organismo.

Todavía estaba temblando cuando Dex la tumbó boca arriba, la despojó de la poca ropa que le quedaba y hundió su erección en ella, excitándola de nuevo, moviéndose a un ritmo rápido y fuerte, volviéndola a llevar al orgasmo.

Lucy abrió los ojos y vio a Dex completamente poseído por el deseo y la pasión, pero volvió a cerrarlos cuando otro orgasmo se apoderó de su cuerpo y de su alma.

Capítulo Quince

Dex no se podía creer que se hubiera olvidado de la noche que había pasado con aquella mujer. Cuando se despertó a la mañana siguiente y encontró su cuerpo desnudo y caliente a su lado, revivió todos y cada uno de los momentos de la noche anterior.

Su piel sedosa, Lucy sentada a horcajadas sobre él con la cabeza echada hacia atrás, su sabor, su orgasmo.

Aquella mujer era simplemente inolvidable.

De las demás mujeres con las que se había acostado ni siquiera se acordaba. Había estado muchos años manteniendo encuentros sexuales con mujeres a las que no conocía. Ahora comprendía que conocer a una mujer hacía que un encuentro sexual con ella fuera mucho mejor.

Dex decidió no despertar a Lucy porque era muy pronto, así que se levantó pensando en lo bien que había salido todo. El haberle regalado su viejo ejemplar de *Las aventuras de Tom Sawyer* había surtido el efecto deseado. Aunque no se lo hubiera expresado con palabras, era evidente que Lucy se iba a casar con él. Ya no había motivo para seguir adelante con el plan.

Había habido momentos durante aquella noche en los que Dex se había sentido incluso arrastrado por el papel, lo que le llevó a pensar que, una vez casados, iba a tener que correr mucho para que Lucy no lo alcanzara.

Era un hombre al que le gustaba estar solo y que no necesitaba a nadie. Dex sabía que confiar en la gente, que permitir que se acercaran demasiado, significaba ser vulnerable. Lo había aprendido hacía mucho tiempo y no estaba dispuesto a pasar por lo mismo de nuevo.

Por eso, precisamente, estaba bien irse en aquel momento y no quedarse en la cama con ella. Una cosa era compartir con Lucy una relación sexual maravillosa y otra dejarse atrapar por emociones más profundas. Dex había visto con sus propios ojos lo que el amor hacía. El amor no conllevaba más que dolor y respetaba demasiado a Lucy como para romperle el corazón.

Dex salió de la habitación sin hacer ruido y se dirigió a la casa principal. Apenas eran las seis de la mañana y la señora Hill no se debía de haber despertado todavía porque la casa estaba en silencio, así que Dex se dirigió a la cocina a preparar café.

Mientras esperaba a que la cafetera se calentara, hojeó el correo que había sobre la mesa. Al ver un sobre de los laboratorios a los que Derek y él habían acudido para hacerse las pruebas de paternidad a la mañana siguiente de aparecer Isabella en la puerta de su casa, sintió que se tensaba.

Cuánto habían cambiado las cosas en quince días.

Había querido hacerse las pruebas rápidamente con la esperanza de que la niña no fuera suya, de que la responsabilidad fuera de Derek porque lo cierto era que no la había querido, no había querido sentirse atado a una niña y, sin embargo, en aquellos momentos sabía que sería capaz de hacer cualquier cosa por ella. Estaba dispuesto a hacer el sacrificio que se había prometido a sí mismo no hacer jamás, le había pedido a una mujer que se casara con él.

Dex abrió el sobre lentamente y se quedó estupefacto.

Isabella no era hija suya.

—Lucy, despierta —oyó Lucy que le decía Dex.

Lucy se dio la vuelta y se encontró, efectivamente, con Dex, que la miraba muy serio.

—¿Qué ocurre? —le preguntó ella incorporándose y tapándose con las sábanas—. ¿Le sucede algo a Isabella? —preguntó preocupada.

—No, Isabella está muy bien, pero no es mía —contestó Dex cruzándose de brazos.

—¿Pero qué dices? —le espetó Lucy poniéndose a la defensiva.

—Isabella no es hija mía —ladró Dex.

—Eso es imposible —contestó Lucy.

Sin embargo, no estaba tan segura.

—No entiendo.

—Han llegado los resultados de las pruebas de paternidad. No soy su padre.

—Pero... estaba segura.

Sus protestas no hicieron que Dex se calmara.

–Vístete y sal de mi cama –le espetó.

Antes de que a Lucy le diera tiempo de contestar, Dex había salido de la habitación dando un portazo. ¿Cómo demonios se habían liado tanto las cosas? Sólo había una manera de averiguarlo, así que Lucy se apresuró a levantarse, a buscar su ropa y a vestirse.

Mientras lo hacía, recordó lo que había compartido con aquel hombre durante aquella noche. No había tenido oportunidad de contarle la verdad. Lucy pasó al baño y se lavó la cara. Estaba muy nerviosa.

Encontró a Dex en el salón de la casa principal, mirando por la ventana.

–Déjame que te explique –le dijo.

Pero Dex la miró tan enfadado que Lucy se quedó sin palabras.

–No hace falta que me expliques nada. Está todo muy claro.

–¿Ah, sí?

–Sí, es obvio que no tenías ni idea de quién era el padre y me elegiste a mí porque tengo mucho dinero.

–No, no fue así. Estaba convencida de que era tu hija. Te lo juro.

–Eso no es cierto –le espetó Dex yendo hacia ella–. Desde siempre has sabido, y así me lo dejaste caer cuando me dijiste que a lo mejor no era mía, que había una posibilidad de que fuera de otro.

–Yo... –contestó Lucy sintiendo que se ahogaba–. Sí, bueno, supongo que siempre he sabido que cabía la posibilidad de que no fuera tuya, de que podría haber habido otro hombre.

—¿Sólo podría?

—Podría haber sido así, pero no lo es. Tú mismo lo dijiste, que Isabella era tu hija porque tenía los ojos de tu padre.

—Sí, claro que tiene los ojos de mi padre —rió Dex con amargura—. Tiene los ojos de mi padre porque es hija de mi hermano.

Capítulo Dieciséis

–¿Cómo? –exclamó Lucy–. ¿Es hija de tu hermano? ¿Estás de broma?

Dex la miraba muy serio. No, no parecía que estuviera de broma.

–¿Isabella es hija de Derek?

Dex no contestó. Se limitó a entregarle los documentos que llevaba en la mano. Lucy los leyó y comprobó que, efectivamente, Derek era su padre. Entonces, se le ocurrió que la única que se debía de estar riendo con todo aquello debía de ser Jewel. Su hermana debía de haberse acostado con ambos. Debía de gustarle Derek y se había acostado con él aunque Raina hubiera dicho que Derek no era de los que se acostaba con las empleadas y, cuando la había despedido poco después, se había acostado con Dex como venganza y manera de demostrarse a sí misma que Derek no significaba absolutamente nada para ella. Unas semanas después se había enterado de que estaba embarazada y no había sabido cuál de los dos hermanos era el padre de la criatura.

Lucy sintió que las piernas le temblaban y se sentó en el borde del sofá.

–Sabía que te habías acostado con ella, pero no te-

132

nía ni idea de que se hubiera acostado con otro hombre y, mucho menos, con tu hermano –murmuró.

–¿De que me estás hablando? –preguntó Dex confundido.

Lucy tomó aire, se puso las manos sobre las rodillas y se levantó.

–Veo que estás muy enfadado y creo que será mejor que te dé una explicación –le dijo poniéndose de nuevo en pie–. Nunca me he acostado con Derek.

–Aquí no dice lo mismo –contestó Dex señalando los papeles.

–Yo no me he acostado nunca con tu hermano porque yo no soy la madre de Isabella, soy su tía. Isabella es hija de mi hermana Jewel.

–Yo nunca me he acostado con tu hermana –se rió Dex.

Lucy suspiró.

–Somos gemelas.

–¿Gemelas?

–Sí. La noche que os conocisteis, la noche en la que mi hermana fue a ligar contigo, yo también estaba en ese bar. Sabía perfectamente que se había acostado contigo. Cuando se quedó embarazada, supuse que tú eras el padre.

–Y decidiste venir a buscarme.

–No, no fue así. Para entender lo que sucedió tienes que saber cómo es Jewel. Mi hermana tiene buen fondo, pero es impredecible, impaciente y espontánea. Sin embargo, cuando se enteró de que estaba embarazada, cambió y, por primera vez en su vida, se tomó algo en serio. Me dijo que quería encargarse de su hija, que iba a cambiar de vida y yo la creí. Por supuesto, le dije que se pusiera en contacto contigo para decirte que ibas a ser padre.

—Por supuesto.

Lucy ignoró el sarcasmo de Dex.

—Me dijo que no quería hacerlo y ahora comprendo por qué. Me dijo que quería criar a su hija ella sola y durante los primeros dos meses lo hizo, pero últimamente había vuelto a las andadas. Isabella y ella llevan viviendo conmigo desde antes de que naciera la niña y la quiero como si fuera mi hija.

—Eso es obvio.

—Incluso me puse en contacto con un abogado para obtener su custodia, pero una mañana me desperté y me encontré con que se habían ido las dos.

—Eso fue hace dos semanas.

Lucy asintió.

—Cuando me enteré de que la había dejado aquí, supuse que tú eras el padre. Ya no había duda —continuó sentándose de nuevo en el sofá y buscando las palabras adecuadas para explicarle lo que le había llevado a tomar la decisión que había tomado—. Estaba muy preocupada por Isabella. Quería recuperarla y sabía que podría hacerme pasar por Jewel si me cambiaba el pelo. Pensé que, si lograba convencerte de que era mi hermana, de que era la mujer con la que te habías acostado, creerías que era la madre de Isabella y me la devolverías.

—¿Y nunca se te pasó por la cabeza que querría quedármela, que querría mantener a mi hija a mi lado?

—Entonces, no te conocía de nada, lo único que

sabía de ti era lo que había leído en la prensa, que eras un playboy irresponsable.

Dex la miró molesto y Lucy se puso en pie de nuevo para defender su punto de vista.

–No tenía razón ninguna para suponer que ibas a ser mejor padre que Jewel. Es mi hermana y la quiero, pero había abandonado a Isabella y cabía la posibilidad de que tú quisieras hacer lo mismo –le explicó mirándolo en busca de alguna señal que le indicara que estaba cediendo ante sus explicaciones.

Al ver que no era así en absoluto, se sintió ansiosa y frustrada.

–Sabes perfectamente que adoro a Isabella y que estoy dispuesta a hacer lo que sea para protegerla.

–¿Incluso acostarte conmigo?

Aquella pregunta fue como un puñetazo en la boca del estómago y Lucy dio un paso atrás.

–No digas eso.

–¿Por qué no? –ladró Dex acercándose–. ¿Por qué no me explicas por qué te has acostado conmigo? ¿Creías que podrías convencerme así de que eras la madre de Isabella?

–No te pases –le espetó Lucy–. Si me vas a insultar, dejamos de hablar –dijo girándose y dirigiéndose hacia la puerta.

Por supuesto, no le dio tiempo a llegar, Dex fue hacia ella, la agarró del brazo y la obligó a que se girara de nuevo hacia él. Lucy lo miró. Estaba muy tenso y Lucy se preguntó cómo era posible que fuera el mismo hombre con el que había compartido aquella noche de placer y sensaciones maravillosas.

—Tienes suerte de que no llame a la policía para que te detengan —le espetó Dex.

Lucy lo miró a los ojos y se zafó de su mano.

—La verdad es que no sé por qué me he acostado contigo.

En aquel momento, a Lucy le pareció que, aparte del enfado, el rostro de Dex reflejaba otra emoción, pero no le dio tiempo a identificarla.

—Te recuerdo que estabas dispuesta a casarte conmigo.

—No digas tonterías. Jamás he dicho que me fuera a casar contigo. Jamás he dicho que sí.

—Tampoco dijiste que no.

—¿Cómo que no? Anoche te dije que teníamos que hablar. Quería contarte la verdad, pero tú me lo impediste, no querías escuchar.

—¿Y qué ibas a hacer después de habérmela contado?

—Me iba a ir. Me había dado cuenta de que me había equivocado contigo. Me había dado cuenta de que ibas a ser un buen padre porque querías de verdad a Isabella.

—Por supuesto que la quiero. Soy su padre.

Lucy se dio cuenta del preciso instante en el que Dex se percató de que lo que acababa de decir ya no era cierto porque el dolor atravesó su rostro con fuerza.

En aquel mismo instante, supo que lo había perdido todo.

Daba igual por qué le hubiera mentido, jamás conseguiría convencerlo de que su intención había sido buena. El resultado había sido que le había hecho sufrir con su mentira. Al hacerse pasar por Jewel, lo había convencido de que era el padre de Isabella y en aquel corto espacio de tiempo Dex había aprendido a querer a la niña que creía suya. La mentira de Lucy le arrebataba ahora aquella posibilidad, así que nada de lo que dijera o hiciera podría justificar el dolor que le había infligido.

Lo mejor que podía hacer era alejarse, dejarlo a solas con su dolor y rezar para que algún día la entendiera.

Capítulo Diecisiete

Había días en los que Dex se preguntaba para qué iba a trabajar y aquél era uno de ellos. Al ser aquéllas las oficinas centrales, Derek insistía en que al menos uno de ellos estuviera siempre allí, pero, en realidad, su hermano hacía su trabajo con tanta eficacia que no habría sido necesario que Dex pasara por la empresa ningún día porque apenas tenía nada que hacer.

Aquello le hacía preguntarse qué iba a hacer durante los años que todavía le quedaban hasta jubilarse, y en aquellas tribulaciones andaba sumergido cuando la puerta del despacho se abrió. Nadie en su sano juicio habría osado entrar sin llamar. Sólo Quinn.

–Quinn, no es el momento, no estoy para nadie... –ladró Dex.

Sin embargo, al levantar la mirada comprobó que no se trataba de su amigo y jefe de seguridad, sino de Lucy.

Dex apretó los dientes y se dijo que estaba maravillosa cuando, en realidad, era mentira porque Lucy estaba horrible, tenía la nariz hinchada y roja, ojeras y el rostro congestionado.

Dex se dijo que debería sentirse aliviado por lo

que había sucedido. Si no hubiera descubierto sus mentiras, en aquellos momentos estarían comprometidos y a punto de encontrarse atrapado, casado con una mentirosa. Entonces, ¿por qué sentía deseos de cruzar la habitación y de tomarla entre sus brazos? Debía de ser porque, de alguna manera, su subconsciente no aceptaba lo que su consciente sabía perfectamente, que aquella mujer no significaba absolutamente nada para él.

—Voy a tener que hablar con Quinn —comentó malhumorado.

—Sólo serán unos minutos —le aseguró Lucy—. Sólo he venido para traerte unas cuantas cosas para Isabella —añadió dejando una bolsa sobre la mesa.

—¿Qué quieres en realidad, Lucy?

—Quiero pedirte perdón. No se me da bien cometer errores porque me he pasado toda la vida intentando ser la hija perfecta, la estudiante perfecta, la trabajadora perfecta. No me gusta que las cosas me salgan mal y, precisamente, por eso se me hace tan difícil admitir que he cometido un error enorme. Sé que he puesto tu vida patas arriba, pero quiero que sepas que lo hice porque de verdad estaba convencida de que era lo mejor para Isabella. Lo malo fue que me concentré tanto en hacer lo que creía correcto para ella que me olvidé de todos los demás —le explicó Lucy.

Dex no dijo absolutamente nada y Lucy se quedó mirándolo muy seria.

—No me engañas, Dex.

—No sé a qué te refieres.

–Te quedas ahí sentado, detrás de tu mesa, frío y distante. Es evidente que quieres hacerme creer que todo esto no significa nada para ti, que todo esto no te ha afectado en absoluto, pero yo sé que no es así. Sé qué quieres a Isabella y supongo que lo estás pasando muy mal al saber que no es tu hija.

–Si esperas algún tipo de respuesta emocional por mi parte, te has equivocado de hombre –le espetó Dex.

–Sí, supongo que así es. Menos mal que no esperaba nada por el estilo. Sólo he venido para admitir mi error, para pedirte disculpas y...

–¿Con la esperanza de que te perdone? –ladró Dex con amargura.

–No, la verdad es que no espero que me perdones porque no se te da muy bien perdonar. Todavía no has perdonado a tus padres por haberte obligado a vivir en diferentes partes del mundo cuando eras pequeño y no has perdonado a tu hermano por no estar a tu lado cuando lo necesitaste, así que no espero que me perdones a mí por esto. Lo que quiero es que Isabella no pague por mi error –le explicó buscando en su rostro algún gesto o alguna emoción–. Seguro que no la has visto desde que te enteraste que no es tu hija. Seguro que eres incapaz de mirarla.

–Está con la señora Hill.

–La señora Hill es la mejor niñera del mundo, pero Isabella necesita tener cerca a más gente que la quiera. Como yo no puedo estar con ella, necesita a su tío.

Dex se puso en pie.

–Voy a pedir la custodia de Isabella –anunció Lucy–. No conozco a tu hermano de nada. Lo único que sé de él es que dirige una gran empresa, pero no sé si es un buen padre –añadió mirándolo suplicante–. No me quiero arriesgar. Voy a luchar por ella. Supongo que mi decisión no te sorprenderá. Voy a hablar con mi abogado esta misma tarde. Por supuesto, no voy a pedir la custodia única porque sé que jamás me la darían, pero voy a pedir la custodia compartida. Si no la consigo, te vas a tener que encargar tú de que tu hermano sea un buen padre –le dijo acariciándole la mejilla–. Derek es un hombre de negocios maravilloso, pero va a necesitar tu ayuda para convertirse en un buen padre y vas a tener que hacer todo lo que esté en tu mano para que las diferencias que hayáis tenido en el pasado no se interpongan en vuestro camino.

–Me parece que eres la persona menos indicada del mundo para darme consejos sobre cómo tengo que vivir mi vida.

–No, te equivocas, soy la persona más indicada porque sé mejor que nadie lo duro que eres con los que te rodean. Cuanto más quieres a una persona, menos la perdonas cuando comete errores. Y todos los seres humanos los cometemos, Dex. Si no puedes perdonar a los demás, ¿cómo te vas a perdonar a ti mismo? Porque tú también cometes errores, ¿sabes? El que estás a punto de cometer, apartar a Isabella de tu vida, es espantoso. Si no haces el esfuerzo de solucionar las cosas con tu hermano e Isabella termina pagando el pato, jamás te lo perdonarás. No quiero que tengas que pasar por ello porque te quiero mucho.

—Te has pasado con el melodrama, ¿no te parece? —se burló Dex.

Lucy sonrió con tristeza.

—Ya sabes que soy la romántica —contestó yendo hacia la puerta—. Por cierto, me pica la curiosidad —le dijo desde allí—. ¿Tom Sawyer?

Dex la miró estupefacto.

—Lo que me imaginaba. Todo mentira —murmuró Lucy.

—Querías un gesto romántico.

—¿De dónde lo sacaste?

—De cosas que tengo guardadas de cuando era pequeño.

—Seguro que ni lo has leído.

—No me acuerdo.

Lucy estaba dolida, pero no sorprendida. Por lo visto, toda su relación se había basado en la mentira. Saber que Dex también le había mentido le aliviaba de alguna manera.

—Pues léelo porque es un buen libro. A lo mejor, te reconcilia con tu infancia.

—No necesito reconciliarme con mi infancia para nada —le espetó Dex mientras Lucy cerraba la puerta.

Cuando Dex llegó a casa pasadas las nueve de la noche, lo primero que se encontró, sobre la encimera de la cocina, fue el viejo libro de Tom Sawyer.

Qué mala suerte.

Mavis debía de haber hecho limpieza general.

Dex se quedó mirando el libro, lo agarró mientras diversas emociones se sucedían en su interior, se acercó al cubo de la basura, quitó la tapa y se quedó un momento con el libro en la mano, sin saber qué hacer.

–Maldita sea –exclamó tirándolo y cerrando el cubo.

A continuación, abrió la nevera, sacó una botella de cerveza y la abrió. Al llegar a su dormitorio, ni siquiera miró la cama que había compartido con Lucy y en la que no había sido capaz de volver a dormir desde que ella se había ido. Si su asistenta se había dado cuenta de que llevaba tres días durmiendo en el salón, había tenido la delicadeza de no decir nada.

Tras cambiarse de ropa, encendió el televisor, se sentó en el sofá y repasó los trescientos sesenta y cuatro canales. Dos veces. En aquel momento, miró por la ventana y vio que había luz en la cocina y en el salón de la casa principal y vio a la señora Hill paseándose con Izzie.

Dex dejó caer la cabeza sobre las manos.

No era su padre.

Hacía ya tres días que lo sabía, pero la pérdida y el resentimiento seguían quemándole y no le permitían dormir, lo que era completamente ridículo porque nunca había querido ser padre.

Jamás se le había ocurrido tampoco que podría desear a una mujer tanto como para no poder dormir en la misma cama en la que había hecho el amor con ella. Desde luego, nunca había sabido que perder a ambas era como que le partieran el corazón por la mitad.

La realidad era que ni Isabella ni Lucy eran suyas. No eran su familia y no podía retenerlas a su lado por la fuerza.

Dex se dio cuenta de repente de que Isabella no tenía consciencia de todo aquello. Para la niña no había diferencia entre una madre y una tía, entre un padre y un tío. Lo único que sabía el bebé era que dos personas a las que quería mucho habían desaparecido de repente.

En un abrir y cerrar de ojos, Dex cruzó el patio y entró en la casa principal por la puerta de la cocina. Al verlo, la señora Hill se sorprendió. Tenía a Isabella en brazos. La niña lloraba indignada.

–Lo siento mucho, señor Messina –se disculpó la niñera–. Supongo que la estaría oyendo gritar desde la casa de invitados. Me la puedo llevar arriba...

–No, no me molesta en absoluto. ¿Cuánto tiempo lleva llorando?

–Un par de horas, pero no es nada grave. Seguramente sólo un cólico.

Dex miró atentamente a la niña. Hacía días que no la veía, desde la mañana en la que se había enterado de que no era su hija, la misma mañana en la que había contratado a la señora Hill para que se ocupara de ella las veinticuatro horas del día.

Isabella tenía la cara roja, parecía exhausta y tenía las mejillas marcadas por las lágrimas. Nunca la había visto tan bonita.

–Supongo que estará usted cansada, así que váyase a dormir –le indicó Dex haciéndole un gesto para que le entregara a Isabella.

–Pero no me paga usted para que descanse –objetó la niñera.

–Ya lo sé, pero le estoy diciendo que se vaya dormir.

–Muy bien –contestó la señora entregándole a Isabella–. Le he dado un biberón hace una hora.

–Muy bien, le daré otro dentro de una o dos horas. Gracias.

Una vez a solas, Dex apretó a Isabella contra su pecho, sintió su cuerpo, caliente y frágil entre sus brazos, sus manos diminutas. Poco a poco, Isabella fue dejando de llorar y, en el proceso, teniéndola bien apretada contra su pecho, Dex sintió como si su torso se abriera y aquella niña entrara directamente en su corazón, como si su cuerpo se hubiera convertido en una parte del suyo, en una parte física de él sin la que ya no podría funcionar.

Había sentido lo mismo la primera vez que le había dado de comer y se le había quedado dormida en brazos, aquella vez en la que se acababa de enterar de que era su padre. Ahora sentía exactamente lo mismo. Daba igual que fuera su padre o su tío.

Estaba dispuesto a hacer lo que fuera necesario para protegerla y para que supiera que era un bebé amado.

Para él, no había diferencia. Seguía siendo su hija.

Mientras se paseaba con ella por la cocina, se dio cuenta de que aquello era lo que debía de sentir Lucy por ella.

Entonces, comprendió que Lucy hubiera estado dispuesta a hacer todo lo necesario para protegerla. Incluso mentir. Como si le estuviera leyendo el pensamiento, Isabella dejó de llorar y lo miró a los ojos.

–No pretenderás que la perdone, ¿verdad? –bromeó Dex apagando la luz y yendo hacia la puerta trasera.

Aunque lo había dicho en tono de broma, la traición de Lucy todavía le dolía. Claro que, ¿qué había hecho Lucy que no hubiera hecho él? Lo que había hecho había sido anteponer las necesidades de Izzie a las de cualquier otra persona, a las de él. Dex llevaba toda la vida resentido porque sus padres no habían hecho lo mismo, así que ahora no podía culpar a Lucy por actuar exactamente como él quería que actuara la madre de sus hijos.

Una vez dentro de la casa de invitados, con Isabella bien apretada contra su pecho y casi dormida, se acercó al cubo de la basura, quitó la tapa, miró el libro de Tom Sawyer y lo sacó.

Capítulo Dieciocho

La habían citado en Messina Diamonds a través de su abogado nada más y nada menos. El letrado le había indicado que, si Dex Messina quería hablar con ella sin abogados delante, lo mejor que podía hacer era ir para demostrar que tenía interés en solucionar las cosas de manera amistosa.

La cierto era que Dex y ella jamás habían sido amigos. Entre ellos había habido ternura, pasión, mentiras y emociones, pero no amistad.

Mientras subía en el ascensor, iba pensando en que Dex jamás la perdonaría por haberlo mentido aunque había confesado que se había enamorado de él y aunque él también le había mentido a su manera.

Ambos habían cometido errores. Era una pena que la única interesada en solucionar la situación fuera ella. Eso le pasaba por enamorarse de un hombre tan cabezota.

Por lo menos, ahora sabía toda la verdad. Tal y como había sospechado, Jewel se había acostado con Derek y, cuando él mismo la había despedido, se había acostado con Dex para vengarse. Le había dicho a su hermana que Dex era el padre de su hija porque le había parecido más fácil que explicarle la verdad. También le había parecido más fácil dejar a la niña

147

en la puerta de ambos hermanos que enfrentarse a cualquiera de los dos.

Jewel había llorado y había pedido perdón, pero en ningún momento había dicho que abandonar a Isabella hubiera estado mal, y Lucy había terminado la conversación con su hermana más frustrada que nunca. Ojalá la conversación que estaba a punto de tener con Dex fuera mejor.

Una vez en el despacho de Dex, su secretaria le indicó que esperara y Lucy se encontró sola en mitad de la estancia.

—Qué típico —musitó acercándose a su mesa.

Sobre ella vio el ordenador portátil abierto y junto a él una caja. Se trataba de una caja que Lucy conocía muy bien. Dex la debía de haber dejado allí la noche que le había devuelto el anillo.

—Qué típico —musitó por segunda vez.

Por lo visto, Dex ni siquiera se había molestado en guardarlo en un lugar más seguro. Cuando oyó que la puerta se abría a sus espaldas, se giró muy enfadada.

—No pareces muy contenta de estar aquí —observó Dex.

Como de costumbre, estaba impecablemente vestido, pero sus ojos reflejaban cansancio. Lucy tuvo que hacer una gran esfuerzo para no ir hacia él y rebajarle la tensión de los hombros con un masaje.

—¿Y por qué iba a estar contenta? No hay por lo que estar contenta en toda esta situación.

—No, tienes razón.

—La verdad es que no entiendo para qué querías verme.

—El otro día recibí una carta de tu abogado.

—Ya te dije que iba a pedir la custodia compartida de Isabella –le recordó Lucy.

Dex se acercó a su mesa y sacó un papel de un cajón.

—Lo que me sorprendió es que llegara a mi nombre y no a la atención de Derek.

—Vaya —se lamentó Lucy.

—¿Te creías que me iba a poner de tu lado?

—No, claro que no.

—Pues te has equivocado. Estoy de tu lado –declaró Dex.

Lucy lo miró sorprendida.

—Lo he estado pensando mucho. Cuando Derek se entere de que Isabella es hija suya, no va a permitir que te acerques a ella. Si te parece que yo no perdono con facilidad, verás cuando conozcas a mi hermano. Educará a Isabella como si se tratara de una aventura empresarial y tú serás su rival, así que hará todo lo que esté en su mano para que no la vuelvas a ver.

Lucy sintió que las piernas no la sostenían y tuvo que sentarse.

—Sólo tienes una opción –dijo Dex acercándose a ella.

Al tenerlo tan cerca, Lucy percibió su carisma y se dio cuenta de que no era solamente su sobrina lo que estaba en juego allí. Su corazón también peligraba aunque lo cierto era que ya estaba roto, desde el mismo instante en el que Dex la había rechazado, así que, ¿qué otro daño podría hacerle?

—¿Y qué opción es? –le preguntó poniéndose en pie.

—Casarte conmigo.

Lucy se rió con incredulidad.

—¿Me estás pidiendo otra vez que me case contigo?

—Sí.

—¿Te crees que a la tercera va la vencida?

—Estoy hablando completamente en serio —insistió Dex acercándose a ella—. Cásate conmigo, Lucy, y no lo hagas porque sea lo correcto para Isabella, sino porque es lo correcto para mí.

Al ver la intensidad con la que la estaba mirando, Lucy sintió que el aire no le llegaba a los pulmones, pero se obligó a ser racional, a no dejarse manipular por aquella vena romántica que, a lo mejor, estaba fingiendo.

—Querrás decir que sería lo fácil para ti.

—Lucy, ¿acaso me has puesto tú alguna vez las cosas fáciles? —apuntó Dex riéndose—. Me vuelves loco, me haces dudar de mí mismo, cuestionas todo lo que hago. Sé que estar casado contigo no va a ser fácil, pero te necesito. Te necesito porque eres la única persona del mundo capaz de romper los muros que he construido alrededor de mí mismo. Eres la única persona que me puede enseñar a ser tío, marido y padre, eres la única mujer con la que quiero tener hijos.

—¿Quieres tener hijos conmigo? —se sorprendió Lucy.

—Por supuesto. Ahora que me has enseñado lo que es ser padre, no me voy a conformar con ser tío.

—¿Cómo me puedes estar pidiendo que me case contigo si ni siquiera me has perdonado por haberte mentido?

—¿Quién dice que no te haya perdonado?

–Bueno, la lógica lo dice. Yo apenas puedo perdonarme por el lío que he montado, por haber puesto patas arriba tu vida, por las mentiras que te han hecho sufrir. Creía que estaba haciendo lo correcto por Isabella, pero...

–Exacto –la interrumpió Dex agarrándola de las manos–. Hiciste lo que creíste correcto para Isabella. Llevo toda la vida culpando a mis padres por no haber antepuesto nuestras necesidades a las suyas, así que, ¿cómo iba a culparte a ti por hacer lo correcto? Tú has pensado en todo momento en Isabella, y eso es lo que yo quiero de la madre de mis hijos.

–Yo... no sé qué decir.

–Di que sí –sonrió Dex.

Oh, Dios, cuánto ansiaba decirle que sí.

–No es que no quiera decirte que sí, pero...

–¿Pero qué? –sonrió Dex haciéndola sonreír también.

Sin previo aviso, agarró la caja del anillo y se puso de rodillas ante ella, abrió la caja y se la entregó. En mitad de un cojincito de terciopelo negro había un anillo, pero no el anillo que Lucy esperaba ver.

–Es un zafiro –le dijo Dex.

–Oh.

–No te doy el anillo de mi padre porque no nos gustan los diamantes.

–Oh –repitió Lucy.

–La verdad es que no me gustan nada los diamantes y, menos que ninguno, el de mi padre. Para mí, no representa el amor, sino la tenacidad más allá de toda lógica.

–¿Entonces por qué se lo diste a Isabella?

–Porque me gusten a mí o no los diamantes, es parte de su herencia. Podría darte cualquier otro diamante, pero es que no me gustan, me parecen aburridos. A la gente le encantan solamente porque las compañías saben hacer buena publicidad de ellos y los venden como símbolo de amor eterno –le explicó Dex poniéndose en pie, agarrando la caja, sacando el anillo y colocándoselo a Lucy en el dedo anular–. Mira qué zafiro tan impresionante, aprecia su color y su brillo, mira cómo cambia de tonalidad cuando le da la luz –le indicó moviéndole la muñeca a un lado y al otro–. Está vivo, tiene encanto. Se trata de una piedra que podrías mirar toda tu vida. Claro que, si lo prefieres, te puedo dar uno de las mejores diamantes de la familia –resolvió Dex acercándose y haciendo el amago de quitarle el zafiro del dedo.

Lucy se apresuró a apartar la mano y se rió.

–No, ahora es mío y no te lo voy a devolver.

–Pero sigues dudando.

¿Cómo explicarle que, aunque había hecho el gran gesto, estaba esperando las pequeñas palabras para poder creerlo de verdad?

–Mira, la mujer por la que crees estar atraído ni siquiera existe, nunca te sentiste atraído por mí, sino por mi hermana, por lo que recordabas de ella, por una desconocida exótica a la que conociste en un bar. Ésa era la mujer a la que tú deseabas.

–No me digas lo que yo deseaba y lo que no porque yo lo sé mejor que nadie, no me vengas a decir ahora que me he enamorado de una ilusión.

–Yo no he dicho que te hubieras enamorado de mí –protestó Lucy.

–No, claro que no lo has dicho porque no estás segura de que en todo esto haya amor, sigues sin creer que te quiero.

–Yo...

–La verdad es que apenas recuerdo haberme acostado con tu hermana –dijo Dex mirándola a los ojos–. Si no te hubiera conocido, lo más seguro es que jamás hubiera pensado en ella. En la que no puedo dejar de pensar es en ti. A la que quiero es a ti –confesó inclinándose sobre ella y besándola.

Fue aquél un beso tierno y delicado como el sol de la mañana que entraba por la ventana. Cuando se apartó, Lucy vio su amor reflejado en sus ojos.

–No me hagas volvértelo a pedir por cuarta vez porque sabes que soy capaz de hacerlo.

–Sí –contestó Lucy–. Sí, Dex, me quiero casar contigo.

Dex volvió a besarla y, mientras lo hacía, Lucy se maravilló de su suerte. Lo único que había hecho había sido cometer errores, pero la vida le regalaba un final feliz.

Epílogo

Isabella, a sus catorce meses, estaba sentada en una trona con una cuchara en una mano y un puñado de cereales en la otra.

—Me parece que no entiende —comentó Dex mirando a Lucy exasperado.

Lucy sonrió y se acercó a ellos, le pasó las manos a Dex por los hombros y se sentó en su pierna.

—No lo entiende del todo —le explicó apoyándose en su pecho, maravillándose ante su fuerza, disfrutando de su apoyo.

Sabía que aquel hombre estaba dispuesto a hacer lo que fuera por ella y por el hijo que llevaba en sus entrañas.

—Cuando llegue el bebé, vamos a tener que prestarle mucha atención, pero eso no quiere decir que a ti te queramos menos —le dijo Dex a Isabella acariciándole la tripa a Lucy sin darse cuenta de que estaba teniendo una contracción en aquel mismo instante.

Isabella se rió y se llevó los cereales a la boca. A continuación, pidió más. Lucy le dejó otro puñado sobre la bandeja de la silla y se dijo que era la mujer más feliz del mundo, pues su hijo estaba a punto de nacer, tenía un marido que la adoraba y una sobrina encantadora a la que veía constantemente porque Dex y ella se habían ido vivir a la casa de enfrente.

Aunque no eran sus padres, seguían siendo una parte muy activa en su vida. Lucy no podía pedir más.

–Tienes derecho a tener celos del bebé, pero recuerda que es tu primo –le estaba diciendo Dex a Isabella–. Tendrás que encargarte de enseñarle muchas cosas, pero no lo manipules demasiado.

Lucy sonrió y apoyó la cabeza en su hombro.

En aquel momento, llamaron al timbre.

–Es la señora Hill –anunció Lucy poniéndose en pie.

–¿Y qué hace aquí?

–Ha venido a cuidar a Isabella –contestó Lucy–. Nosotros...

–¿No tendrás idea de salir? No te puedes imaginar lo que me acostado convencer a Derek para que nos dejase quedarnos con Izzie toda la noche.

Derek había asumido su papel de padre como todo lo que hacía en la vida, con determinación, y resultaba muy divertido observarlo.

Lucy exhaló lentamente al sentir que la contracción había pasado.

–Ya sabes que habíamos hablado de que el parto fuera en casa, pero, como a ti no te hacía gracia, no lo hemos hecho al final –le recordó Lucy mirándolo muy seria–. Dex, estoy de parto, así que nos vamos a tener que ir yendo para el hospital.

–¿Estás de parto? –exclamó Dex palideciendo.

–Sí.

–¿Ahora mismo?

Lucy asintió.

–Tenemos todo el tiempo del mundo, pero he querido avisarte con tiempo para que no te preocupes y para que tengamos tiempo de sobra para llegar al hospital...

Dex se puso en pie tan rápido que la silla en la que estaba sentado cayó hacia atrás, lo que hizo reír a Isabella. Lucy también se rió al ver a su esposo ansioso, emocionado y preocupado a la vez.

Habían compartido ya muchas cosas y todavía les quedaban muchas experiencias por vivir juntos, pues tenían toda la vida por delante y Lucy estaba decidida a disfrutar de todos y cada uno de los momentos.

Deseo™

La seducción del jefe

Maureen Child

El magnate Jefferson Lyon nunca aceptaba un no por respuesta. Por eso, cuando su fiel secretaria se hartó de sus exigencias y dimitió, Jefferson la siguió hasta el paraíso tropical donde se había ido de vacaciones. Pero para él aquel viaje no era de relax, porque estaba dispuesto a convencerla de que volviera al trabajo... a través de la seducción.

Sin embargo, su empleada estaba resultando ser más testaruda y más apasionada de lo que jamás habría pensado el arrogante millonario.

No habría descanso para él hasta que consiguiera recuperarla

Acepte 2 de nuestras mejores novelas de amor GRATIS

¡Y reciba un regalo sorpresa!

Oferta especial de tiempo limitado

Rellene el cupón y envíelo a
Harlequin Reader Service®
3010 Walden Ave.
P.O. Box 1867
Buffalo, N.Y. 14240-1867

¡Si! Por favor, envíenme 2 novelas de amor de Harlequin (1 Bianca® y 1 Deseo®) gratis, más el regalo sorpresa. Luego remítanme 4 novelas nuevas todos los meses, las cuales recibiré mucho antes de que aparezcan en librerías, y factúrenme al bajo precio de $3,24 cada una, más $0,25 por envío e impuesto de ventas, si corresponde*. Este es el precio total, y es un ahorro de casi el 20% sobre el precio de portada. !Una oferta excelente! Entiendo que el hecho de aceptar estos libros y el regalo no me obliga en forma alguna a la compra de libros adicionales. Y también que puedo devolver cualquier envío y cancelar en cualquier momento. Aún si decido no comprar ningún otro libro de Harlequin, los 2 libros gratis y el regalo sorpresa son míos para siempre.

416 LBN DU7N

Nombre y apellido	(Por favor, letra de molde)	
Dirección	Apartamento No.	
Ciudad	Estado	Zona postal

Esta oferta se limita a un pedido por hogar y no está disponible para los subscriptores actuales de Deseo® y Bianca®.
*Los términos y precios quedan sujetos a cambios sin aviso previo.
Impuestos de ventas aplican en N.Y.

Julia™

Nada más conocerla, el millonario Ben Radford pensó que Rowena Madison era una mujer fría y distante. Pero mientras ella le diseñaba su jardín, Ben comenzó a preguntarse por qué habría levantado tantas barreras a su alrededor y se propuso derribarlas una a una.

No obstante, el divorcio le había enseñado que no podía ofrecer más que una aventura temporal, así que la ayudaría a superar el pasado y luego seguiría adelante con su vida. Sin embargo, Rowena no estaba dispuesta a seguir siendo la mujer débil y asustada de siempre y decidió conseguir que Ben volviera a creer en el amor…

El jardín escondido

Lilian Darcy

Tras aquella fría fachada descubrió a una mujer hermosa y sensual…

Bianca™

¡Se había enamorado de su marido!

Stavros Denakis se puso como una furia cuando Tessa Marlowe apareció de nuevo en su vida sin avisar. Aunque técnicamente estaban casados, la unión nunca había sido consumada. La vida había hecho que Stavros desconfiara de las mujeres, por lo que inmediatamente creyó que esa esposa a la que apenas conocía era una cazafortunas. ¿Por qué iba a haber aparecido en su casa si no era por dinero? Pero Tessa era una tentación a la que no podría resistirse por mucho tiempo...

Después de acostarse con su marido, Tessa se dio cuenta de que se había enamorado de él y deseaba que el suyo fuera un matrimonio de verdad. El problema era que, por muy apasionado que fuera en privado, Stavros parecía empeñado en seguir teniendo un matrimonio de conveniencia...

Pasión en privado

Annie West